W0096119

Wäre ich ein Bücherschreiber, so schriebe ich eine
kommentierte Liste der Weisen zu sterben.

*Michel de Montaigne*

# Inhalt

# Im Stühlinger

Ich wusste sofort, dass etwas nicht stimmte, als der Mann, der sich später als Gerber namens Bartok ausgab, zu mir ins Abteil trat, er war unglaublich dick, schwitzte, kümmerte sich nicht die Spur um mich, sondern setzte sich in die Mitte der Dreierreihe mir schräg gegenüber, jedoch erst, nachdem er die Armstützen hochgeklappt hatte, da ein einziger Sitz für ihn nicht breit genug gewesen wäre. Die Fahrt führte mich vom Süden hinauf, ich hatte gerade, kurz vor Bartoks Erscheinen, aus dem Fenster geblickt, der Rhein floss dicht neben der Bahnlinie, wir mussten kurz vor Koblenz sein, der Wasserstand war hoch, und die Wolken hingen so tief herab, dass alles Licht grau gefärbt war. Zwei Stunden saß ich nun schon allein im Abteil. Ich hatte mir seit einiger Zeit angewöhnt, nur noch am Ende des Zuges einzusteigen, in den Waggon mit den alten Sechserabteilen, denn nur dort kann man noch das Fenster öffnen, den Kopf hinausstrecken, Luft schlucken und, wenn man müde ist, die Sitze nach vorn schieben, zueinander hin, um aus ihnen ein einziges großes Bett zu machen, auf das man sich legen und schlafen kann.

Diese Möglichkeit war mir nun genommen. Ich wunderte mich, warum Bartok zu mir ins Abteil kam, denn ich hatte nicht erkennen können, dass außergewöhnlich viele Menschen unterwegs waren, es musste in dem Waggon noch weitere Abteile geben, die leer standen. Bei seinem Eintreten schaute ich auf, nickte kurz, doch da Bartok nur Augen für den Dreiersitz hatte, auf den er sich niederließ, bemerkte er mein Nicken nicht, und ich presste ein Hallo hervor, aber wie jedes Wort, das man nach einer langen Zeit des Schweigens spricht, war dieses Hallo ohne Klang, und ich wiederholte es. Er sagte nichts.

Ich schätzte ihn auf Ende vierzig, und nachdem seine Masse sich im engen Raum ausgebreitet und ich mich darauf eingestellt hatte, die Luft und den geringen Platz mit ihm zu teilen, fielen mir zunächst seine Hände auf. Sie sind das Einzige an ihm, dachte ich, das dünn ist, sie passen nicht zu ihm, wie kommt so ein Koloss zu solchen Händen? Sie waren lang und fast fein, ihnen fehlte das Fleisch, das den restlichen Körper reichlich umgab. Seine Hände ruhten auf den Beinen, Bartok selbst hielt den Kopf leicht vornüber geneigt und atmete. Das war das Einzige, was er tat: atmen. Langsam und gleichmäßig, ohne dass man es hätte hören können, denn der Zug verschluckte alle leiseren Geräusche. Bartok trug eine Baseballkappe, deren Schirm den oberen Teil seines Gesichtes verbarg, so dass die Augen im Schatten lagen und für mich nicht erkennbar war, ob er unter dem Schirm zu mir hinüberblickte oder auf den Linoleumboden oder auf seine Hände oder ob er die Augen einfach geschlossen hielt.

Während wir uns still gegenübersaßen, begann ich mich unwohl zu fühlen, bedroht von seinem massigen Körper, der etwas ausströmte, eine Art Geruch, jedoch kein Schweiß, etwas, das mich mehr und mehr umgab und die wenige Luft um mich her in Beschlag nahm. Ich hätte aufstehen, meinen Rucksack schultern und das Abteil verlassen können. Da der Zug gerade in Koblenz einfuhr, hätte ich so tun können, als müsste ich aussteigen, doch blieb ich sitzen. Vielleicht schreckte ich vor der Vorstellung zurück, mich beim Verlassen des Abteils an dem breiten, den halben Raum versperrenden Körper vorbeischieben zu müssen, ihm dabei ganz nahe zu sein, ihm, wer weiß, in die Augen zu blicken, wenn er, gestört in seinem ewig gleichen Atemholen, zu mir aufsehen würde. Vielleicht aber war es auch, ganz im Gegenteil, eine Art Neugier auf diesen Menschen, der anders war als die Menschen, die ich kannte. Jedenfalls blieb ich sitzen, still, an meinem Platz, und der Zug setzte sich wieder in Bewegung. Was soll schon passieren, dachte ich mir. Ich brauche nur zu rufen, und in kürzester Zeit würde mir jemand zu Hilfe eilen. Und außerdem — ich blickte mich im Abteil um — gab es hier jede Menge Waffen. Ich könnte den verblichenen Vorhang vom Fenster reißen und dem Angreifer ins Gesicht schleudern. Ich könnte nach der Bahnzeitschrift greifen, die an einer Plastikschlaufe neben meinem Kopf hing, sie zusammenrollen und als Schlagstock verwenden. Ich könnte den kleinen Handaschenbecher aus seiner Schiene an der Armstütze zerren und den harten, spitzen Gegenstand beim Kampf in der hohlen Hand halten. Aber ich schaute zum Fenster hinaus und versenkte meine Gedanken im Rhein, der durch die Wassermassen, die er mit sich führte, doppelt so schnell zu fließen schien wie sonst, und die langen, flachbrüstigen Schleppkähne kamen kaum von der Stelle.

— Fahren Sie nach Köln?

Ich zuckte zusammen, fuhr herum, sah ihn an. Er saß da, hatte seine Kappe abgenommen, drehte sie in den Händen, doch war dies kein Zeichen von Verlegenheit: Sein Blick war klar. Ohne die Lider zu senken, sah er mich an. Ich verneinte, sagte ihm, dass ich noch weiterfahren würde. Wohin, fragte er, und ich sagte, nach Braunschweig. Was ich in Braunschweig wolle, fragte er, und er fragte in einer schroffen Weise, fast unverschämt, offen heraus, nicht höflich, nicht, als wolle er mit einem Unbekannten ein unverbindliches Gespräch beginnen, nein, eher, als wolle er zu Informationen gelangen, mich aushorchen, als könne ich ihm etwas sagen, das wichtig für ihn wäre. Ich sei unterwegs zu meinen Eltern, sagte ich und ärgerte mich darüber, es gesagt zu haben. Er hatte mich überrumpelt. Schon fragte er weiter, und ich antwortete. Er fragte, wo ich herkomme, ich sagte, aus Freiburg, er fragte, was ich dort mache, ich sagte, studieren, er fragte, welches Fach, ich sagte, Philologie. Das alles innerhalb kürzester Zeit, und ich schwitzte. Seine Art zu fragen ließ mich nicht eine Sekunde lang zögern, ihm auf die Fragen zu antworten, die er mir stellte, ich dachte nur, sag ihm, was er wissen will, sag es ihm schnell, und dann sei still und schau zum Fenster hinaus. Doch er hörte nicht auf. Er sagte, auch er habe früher in Freiburg gelebt, gewohnt, studiert, wo genau ich denn meine Bude hätte. Ich sagte, im Stühlinger. Ach, sagte er, das sei ja ein Zufall, auch er habe dort gewohnt, und er wollte wissen, in welcher Straße ich lebte, und dies war der Punkt, an dem ich merkte, dass es Zeit war, sich zu wehren, aus dem Gespräch auszusteigen, den Mann höflich, aber klar zum Schweigen aufzufordern, ihm in einfachen, knappen Worten vor Augen zu führen, dass ich an einem weiteren Wortwechsel nicht interessiert sei und es vorzöge, meine Zeit still und allein oder mit einem Buch auf dem Schoß zu verbringen, doch in ebenjenem Moment, da ich ansetzen wollte, mich zu wehren und ihn aufzufordern, seine Fragen einzustellen, traf mich sein Blick, nein, kein Blick, eher eine Art unsichtbare Geste des ganzen Körpers, eine bewegungslose Geste, etwas, das von innen zu kommen schien, ein Aufstöhnen, ein warnendes Aufstöhnen, aber lautlos, nicht zu sehen, nicht zu hören, doch ich spürte deutlich, wie es aus ihm kam, wie es zu mir herüberwehte, wie auf diese Weise der Wille mich zu wehren von mir abfiel, und ich sagte leise, geduckt, geschlagen: Ferdinand-Weiss-Straße. Nein, sagte er, das sei kein Zufall mehr, das könne man kaum glauben, dass er, kurz hinter Koblenz, mit einem jungen Mann spräche, der behaupte, in derselben Stadt, im selben Viertel, ja gar in derselben Straße zu wohnen, wo er selbst vor Jahren gewohnt habe, und jetzt solle ich nur noch sagen, ich lebte im Haus Nummer 24. Ich verneinte. Und welche Nummer dann? fragte er. Ich sagte 5, und bereute, es gesagt zu haben, 5, ihm, einem wildfremden Menschen, der seinen Körper zu mir ins Abteil geschoben und begonnen hatte mich auszufragen, doch es war zu spät, ich hatte es ihm gesagt, und was mich am meisten ärgerte, war, dass ich ihm die Wahrheit gesagt hatte, es wäre ja ein Leichtes gewesen, zu sagen 4 oder 6 oder 39, er hätte es nicht nachprüfen können, aber nein, ich sagte 5, ich gab ihm exakt die Nummer des Hauses, in dem ich wohnte, und es beunruhigte mich, kaum dass ich es ausgesprochen hatte. Seit wann ich denn in Freiburg lebte, fragte er, seit vier Jahren, sagte ich. Wie lange ich in Braunschweig bliebe – zwei Wochen. Ob es mir bei meinen Eltern nicht zu langweilig würde – nein, es lebten noch einige alte Freunde aus der Schulzeit dort. Er fragte mich weiter aus, wollte wissen, wie mein Verhältnis zu meinen Eltern sei, ob wir auf dem Lande oder in der Stadt wohnten, ob wir ein Pferd hätten, was ich am Abend zu tun gedenke und in welche Kneipe man in Braunschweig nach zwei Uhr noch gehen könne. Ich beantwortete all seine Fragen kurz, klar, genau. Vom Augenblick jener unbeschreibbaren Geste an hatte er mir die

Luft zur Verteidigung genommen. Ich atmete kaum noch. Alles, was ich wollte, war, das Abteil, nein, den Zug verlassen. Er fragte einige Minuten so weiter, und während ich meine Antworten gab, brav fast, hoffte ich, ja, betete ich inständig, dass der Zug bald in Bonn einfahren würde, denn ich könnte ja sagen, dass ich in Bonn umsteigen müsste, in einen ICE zum Beispiel, und dass es von Bonn aus eine direkte Verbindung nach Braunschweig gäbe, ich könnte dann meinen Rucksack vom Gepäckständer nehmen und mich an ihm vorbeischieben, in der Hoffnung, dass er den Fahrplan nicht kannte. Aber was, dachte ich, wenn er über sich griffe, wenn er von der goldbegitterten untersten Gepäckstütze das Fahrplanfaltblatt nähme, es sich vor die Nase hielte, mich daraufhin ansähe, böse ansähe, um mir zwischen den Zähnen hindurch zu sagen: Warum lügst du?

Und dann hörten die Fragen auf. Plötzlich, ohne dass ich hätte sagen können, wie und warum und wann und was die letzte Frage gewesen war. Er fragte einfach nicht mehr, und mir war, als hätte ich eine Flutwelle überstanden, nass zwar, erschöpft, aber noch am Leben, noch atmend, ich schloss kurz die Augen und lehnte den Kopf an die Kopfstütze, die nach Rauch stank. Ich wollte hinausgehen, allein sein, doch ich hatte das Gefühl, dass etwas passieren könnte, wenn ich jetzt aufstehen und an ihm vorbeigehen würde. Ich dachte nicht an Gewalt, nicht daran, dass er mich packen und aus dem Fenster werfen oder seine feinen, schlanken Finger mir um den Hals legen könnte, nein, das nicht, ich hatte ein anderes Bild vor Augen, ich dachte, er könnte meinen Arm fassen, mich zu sich herabziehen und mir etwas ins Ohr flüstern, etwas, das ich mein Lebtag nicht vergessen würde. Und so blieb ich sitzen und rührte mich nicht.

Zugleich aber begann ich zu spüren, dass er etwas von mir wollte. Ich wusste sofort, was es war, das er wollte, und wehrte mich dagegen, versuchte, mich seiner Macht zu entziehen, heftete meinen Blick nach draußen, wo es zu dunkeln begann und ein Regen eingesetzt hatte, der die Scheiben mit Tropfen beschoss. Einiges an Wasser spritzte auch durch die undichten Ritzen des Fensters hindurch, mir ins Gesicht. Ich war froh über die Kühlung, erhoffte mir frische Gedanken für den Kampf mit Bartok. Der schwieg. Der wollte, dass ich zu reden anfing. Der wollte mich dazu zwingen. Wir rangen stumm. Ich, indem ich aus dem Fenster starrte, er, indem er mich aus den Augenwinkeln heraus beobachtete. Der Druck nahm zu, mein Atem wurde schwerer und lauter und begann, die Geräusche des Zuges zu übertönen, und schließlich gab ich auf. Ich drehte mich zu ihm um. Sah ihm ins Gesicht. Jetzt, da er wusste, dass er gewonnen hatte, wirkte sein Gesicht beinah weich, ich konnte sogar Lachfalten erkennen, als er mir zunickte, wie um mir den letzten Anstoß zu geben, das zu tun, was er von mir wollte, und ich tat es. Ich fragte ihn nach seinem Namen und ob er nach Köln fahre und was er in Freiburg studiert habe und ob seine Eltern noch lebten und welchen Beruf er ausübe. Es schien etwas von ihm abzufallen, als ich ihn fragte. Er lehnte sich zurück, seine Gegenwart nahm ab, es war, als ließe er etwas Luft aus seinem geschwollenen Körper, er setzte sich die Kappe wieder auf, mit dem Schirm nach hinten, so dass seine Augen frei blieben, unbedeckt, und er lachte, erstmals, und als er lachte, lachte ich mit ihm, und dann sagte er, es freue ihn, dass ich mich so sehr für ihn und sein Leben interessiere, und er sei gerne bereit, mich über alles, was ich wissen wolle, aufzuklären, er rieb sich die Hände dabei, und dies war ein Zeichen der Wärme, die plötzlich von ihm ausging, ich rutschte sogar etwas in seine Nähe, da mir die ins Abteil spritzenden Regentropfen unangenehm zu werden begannen, berührte dabei unabsichtlich sein Knie und sah mir seine Augen an. Diese Augen, sagte ich mir, sind friedfertige, kleine, runde, blinzelnde Augen, wie sollen solche Augen zu einem Mann gehören, der mir Böses will? Und ich hörte ihm zu, wie er von sich und seinem Leben sprach. Gewiss, er habe studiert, sagte er, aber sein Studium vorzeitig abgebrochen und eine Lehre als Gerber begonnen. Ein Beruf, der fast ausgestorben sei, heutzutage. Und er begann, frisch draufloszureden, von der Konservierung der Häute, vom Trocknen und Frosten, vom Einweichen und Waschen, er beschrieb alle Instrumente, die er für sein Handwerk benötigte, er sprach vom beidhändig geführten Scherdegen und vom Spannen der Haut über den Gerberbaum, und davon, wie schwierig es sei, die Haut zu entfleischen, ohne Löcher in sie zu schneiden. Er sprach vom Kalkäschern und von der Chromgerbung, aber immer nur kurz, in knappen, abgehackten Phrasen. Am hingebungsvollsten redete er von der Hirngerbung, bei der man das Hirn des Geschlachteten kochen und den entstehenden Brei, der aussehe wie geklumptes Eiweiß, auf das Fell verschmieren müsse, damit das Fell an Flauschigkeit gewinnt und sein Fett verliert, denn das Hirn sei ein Füll- und Lösestoff zugleich.

Fast abrupt brach er dann seine Erklärungen zum Gerben ab und begann vom Häuten zu reden, er sprach vom Aufhängen des Geschlachteten, vom Herunterhängenlassen des getöteten Körpers, der an den Füßen festgemacht sei. Er sprach vom Rundschnitt an den Knöcheln, vom Längsschnitt und von der Vorsicht, die man an den Tag zu legen hätte beim Freilegen des Beckenbereiches, weil, wie er sagte, sich der Darminhalt, wenn man nicht aufpasse, leicht über den toten Körper und die eigenen Hände entleeren könne. Und dann sagte er, dass man nach diesen Schnitten fast ohne weitere Schwierigkeiten und Widerstände die Haut abziehen könne, über den *Oberkörper* hinweg. Und erst als er dieses Wort aussprach, begriff ich, dass sein Gerede nichts war als ein böses Spiel. Ich sah hinter die Maske, die er seit einigen Minuten aufgezogen hatte, sah, wie in seinen Lachfalten das bös blitzende Vergnügen saß, mich im Unklaren zu lassen über das, wovon er eigentlich sprach, sah sein ins Unermessliche sich steigerndes Ergötzen an der Zweideutigkeit seiner Worte, sah, wie sein fleischiger Körper wieder − mit jedem scheinbar so harmlosen Wort − mehr und mehr das Abteil in Beschlag nahm, ich merkte, wie mich seine Masse wieder tiefer in die Ecke ans Fenster drückte, und seine Zähne, ja, ich sah es, hingen wie einzelne Zacken zwischen den scharfen Lippen, erst jetzt fielen sie mir auf, Stumpen, aber spitz. Als er nun weiter beschrieb, wie einfach das Lösen der Haut vor sich ginge, sah ich mich plötzlich selber kopfüber an der Stange hängen und fühlte sie förmlich, seine Hand, ich fühlte, wie sie die Haut vom Fleisch zu lösen begann, von meinem Fleisch, ich fühlte, wie seine Hand, seine feine, flache Hand, mir langsam unter die Haut fuhr, die Haut vorsichtig zu ziehen begann, über die wenigen noch verbleibenden Spannstellen hinweg, und wie seine Messerspitze die Reste von angewachsener Haut durchtrennte. Und mehr noch, ich sah mich plötzlich an meinem Fenster in Freiburg stehen, im Stühlinger, und aus diesem Fenster blickte ich hinab auf die Straße, und ich sah, wie Bartok unten stand, an der Ecke gegenüber, beobachtend, die Tür im Blick, Hausnummer 5, und er wartete darauf, dass ich mein Zimmer verließ, er wartete, ohne zu verbergen, dass er wartete, in ruhiger, fetter Gewissheit, dass ich irgendwann aus der Haustür würde treten müssen. Und das war der Moment, da die Luft im Abteil nicht mehr reichte für mich, der Moment, in dem Bartok, der Gerber, sie aufgeatmet, fortgesogen hatte, und um nicht zu ersticken, stand ich auf. Dies geschah, als der Zug den Bahnhof von Bonn erreichte, Bartok hielt inne im Fluss des Erzählens, ich beugte mich zu ihm hinüber und ging in die Offensive, griff über seinen Baseballkopf hinweg, trat die Flucht nach vorn an, wusste nicht, woher ich die plötzliche Kraft nahm, es zu tun, aber ich griff über seinen Kopf hinweg zum Fahrplanfaltblatt, das auf dem goldbegitterten untersten Gepäckgerüst lag, warf einen kurzen Blick hinein, sagte ihm, ich müsse umsteigen, Bonn, mein ICE, direkt nach Braunschweig, er aber tat nichts, als ich meinen Rucksack herunternahm, tat nichts, als ich im Moment des Vorbeischiebens kurz zwischen ihm und den Sitzen stand, tat nichts, als ich ihm den Rücken zukehrte und die Tür aufzerrte, tat nichts, als ich hinaustrat auf den Gang und von dort noch einmal kurz zurückblickte und sah, wie er sich ans Fenster setzte. Ich eilte den Gang entlang und schaffte es gerade noch rechtzeitig, hinauszuspringen, ehe die Türen zuschlugen und der Zug sich wieder in Bewegung setzte. Als ich aber dort stand, auf dem Bahnsteig, ein wenig erleichtert, und als dann der Zug sich an mir vorbeischob, sah ich, ich gestehe, aus Neugier, ein letztes Mal hinein, in das Abteil, in dem ich gesessen hatte, und mit mir Bartok. Und als ich hineinsah, sah er hinaus, es trafen sich unsere Blicke, er verzog keine Miene, doch dann hob er plötzlich die Hand, seine rechte Hand, mit den langen, spitz zulaufenden Fingern, hob die Hand ans Fenster und presste sie vor die Scheibe, presste sie neben das aufgeschwemmte Gesicht unter der Baseballkappe, und ich dachte, er winkt, er will mir winken, er will mir ein Zeichen geben, ein versöhnliches Zeichen, und ich winkte zurück, seine Hand aber blieb reglos, wie ans Fenster geklebt, er ließ sie nicht hin- und herpendeln, er hielt sie ganz ruhig, so dass ich, wäre ich näher gestanden, die geplättete Haut seiner Handfläche hätte sehen können, nein, das war kein Winken, kein Abschiedsgruß, das war ein Zeichen, eine Zahl, eine Nummer.

# Der Gräber

Ihr letztes Ausatmen entlädt sich mit trockenem Pfeifen und riecht nach altem Fahrradschlauch. Ihr Blick läuft leer: geradeaus zur Decke und hindurch. Ich nehme ihr die Augen vom Gesicht.

Ich stehe auf, langsam, verlasse das Wohnzimmer und trete hinaus in den Garten. Der Schuppen ist mit Dreck und Staub bezogen. Mein alter Spaten hat Rost angesetzt. Ich hocke mich auf den Schemel, nehme, mit zittrigen Fingern, die Gartenschuhe und schüttle sie aus. Die Schuhe sind hart und trocken, das Leder ist klobig geworden mit der Zeit. Ich stülpe die Schuhe über die Socken.

Die Stelle, an der ich grabe, ist dunkler als die übrige Fläche des Ackerbodens. Ich stoße meinen Spaten hinein, hart ist der Dreck, klumpig, halb gefroren. Es fällt mir schwer, den Spaten herauszuziehen und die Erde zur Seite zu kippen. Ich stehe still und stütze mich auf den Spaten, frostiger Atem vor mir.

Nur *eine* Schicht, denke ich, das muss genügen, mehr ist nicht drin: mein Rücken, meine Zitterhände, meine abgeschlafften Muskeln. Nach einer halben Stunde ist das flache Loch lang genug. Ich steche den Spaten in die aufgehäufte Erde neben mir. Meine Brust fiept wie ein Blasebalg. Ich lege mich ins Loch. Zunächst sind die Augen geschlossen. Der Rücken schwimmt in Kälte.

Das erste Mal habe ich gegraben, als ich achtzehn war und kurz vor dem Abitur stand. Um genau zu sein: Es war der Tag vor der mündlichen Prüfung. Ich spreche vom Graben eines Loches und nicht vom Umpflügen des Gartens im Herbst, zu dem ich schon viel früher (wohl mit dreizehn) herangezogen worden bin, weil der Garten sehr groß war. Über dieses Umgraben im Herbst will ich nur so viel sagen, dass ich es gern getan habe, dass ich, wenn ich aus der Schule kam, sofort nach dem Essen meine alten Arbeitsklamotten überwarf und Stunde um Stunde grub, immer wieder mit der Schubkarre vom Misthaufen frischen Dung herbeiholte, den ich untermischte, bis am Abend eine ganze Parzelle des Gartens statt hart, verkrustet und mit Unkraut bewachsen, nunmehr offen, frisch und atmend dalag, als hätte ich die

Erde aus einer langen, bitteren Kerkerhaft befreit. Wenn dann mein Vater nach Hause kam,
schritt er die umgegrabene Fläche ab, mit prüfen-
dem Blick, bückte sich manchmal, um einen Stein
oder ein Fitzelchen Unkraut aus dem Dreck zu
ziehen und auf den Gartenweg zu werfen, sagte
naja, hier ist noch ein kleines Loch, aber alles in
allem zeigte er sich zufrieden und nickte anerken-
nend.

Als ich also in der Nacht vor der mündlichen
Prüfung im Bett lag und nicht schlafen konnte,
stand ich auf, zog mich an und ging in den Garten. Ich wollte eigentlich nur ein wenig frische
Luft schnappen, mich vom Sauerstoff müde machen lassen, doch es war eine überaus helle Nacht,
und als ich ein kleines, freies Stück Boden sah –
mein Vater hatte tags zuvor die ersten Kartoffeln
geerntet – befiel mich plötzlich dieser Drang. Ich
zog im Schuppen meine Stiefel an, nahm den
Spaten und begann zu graben. Ich grub ein Loch.
Ich maß dem, was ich tat, keine Bedeutung bei,
sondern folgte einfach blind dieser Lust, die mich
ergriffen hatte. Es war die Lust, wie wild zu graben, und da es nur ein kleines Stückchen war,
welches mir zur Verfügung stand, grub ich nicht
in die Breite, sondern in die Tiefe. Als das läng-
liche Loch fast einen Meter tief war und ich in

Schweiß stehend meinen Spaten wegstach, zögerte ich nicht, sondern legte mich hinein. Es war zu klein, ich musste meine Beine anwinkeln.

Ich lag dort und schaute hinaus.

Der Mond war von meiner Lage aus nicht zu sehen, nur Wolken, die durch die helle Nacht zogen. Die Kühle der Erde war unangenehm. Ich blieb nicht lange liegen, aber lange genug, um ruhig zu werden, meine Atemzüge zu zählen und einen klaren Kopf zu bekommen. Das Zuschaufeln des Loches ging mir leicht und gleichmäßig, fast rhythmisch von der Hand. Ich nahm eine warme Dusche, legte mich ins Bett, es war fünf Uhr morgens, und ich schlief sofort ein.

Ich grub weiter. Ich grub vor den Prüfungen im Studium und vor meinem Vorstellungsgespräch und als unsere Firma kurz vorm Bankrott stand. Ich grub auch, als mein Vater starb und als meine Frau nach der Geburt unserer Tochter noch lange im Krankenhaus bleiben musste. Ich grub immer an derselben Stelle im Garten. Mal grub ich mit Bedacht und langsam und sorgfältig, mal wild und wie im Rausch. Mal grub ich lange und ausdauernd und bis ich vor Erschöpfung beinah umkippte, mal kurz und schnell und ohne dass sich Schweiß auf meinem Körper zeigte. Mal grub ich so tief, dass der Boden seine braunschwarze Farbe verlor und sandhell zu werden begann, mal nur eine flache Grube, auf deren Ränder ich meine Hände legen konnte. Mal war die Erde erhitzt und trocken und staubte auf, wenn ich grub, mal war sie feucht und klebte in Klumpen am Spaten, so dass ich innehalten und den Matsch mit dem Fuß abschaben musste. Und wenn ich nach dem Graben im Loch lag, öffneten sich alle Engen in mir, ich atmete tief ein und versuchte dem Geruch der Erde nachzuschmecken, ich lauschte auf das grauviolette Kringeln der Regenwürmer, rieb mit den Handflächen über den dunklen Innenraum der Grube und sah in den kleinen, eckigen Ausschnitt Welt, den das Loch mir bot.

Einmal, ich war 60 damals, war meine Tochter zu Besuch – sie hatte ihren Mann mitgebracht –, wir saßen lange und redeten, bis ich eine neue Flasche Wasser holen wollte, doch im Flur merkte, dass ich vergessen hatte, die leere Flasche mitzunehmen, so dass ich umkehrte und auf der Wohnzimmerschwelle stand, als meine Tochter, die mich nicht sah, diesen Satz sagte, diesen einen Satz, zu ihrem Mann, mit Stöhnen in der Stimme: Komm, lass uns bald gehen, ich kann sein Gerede nicht länger ertragen. Da drehte sie sich um und sah mich und erschrak. Sie wollte sich entschuldigen, mir klarmachen, dass sie es nicht so gemeint hätte, doch ich sagte nur: Ihr wolltet doch gehen. Und schickte sie hinaus.

Dann nahm ich meine Taschenlampe und begann zu graben. Es war stockdunkel, und ich sah nicht wirklich, was ich tat und wohinein ich meinen Spaten stach, das Licht der Lampe verzerrte nur, erhellte kaum. Die Erde war in dieser Nacht seltsam fremd für mich. Ich sah sie nicht, ich roch sie nicht, ich hörte sie nur: der schlitzende Stich hinein, wie ein scharfer Riss von Papier; das pfropfende Hochheben der Erde; und das dumpfe Fallen des Aushubs, wie ein ganz leichter Schlag auf ein Bongo. Als ich schließlich unten lag, keuchend und mit Tropfen der Wut im Gesicht, brauchte ich lange, um ruhig zu werden, brauchte ich sehr sehr lange, ehe die Erde mir die Schwere nahm und ich aufstehen und den Dreck an seinen alten Platz zurückschaufeln konnte.

Ich lasse das Loch offen heute, werfe es nicht wieder zu, weil mir kalt ist. Und ich bin müde. Ich nehme ein Bad. Danach, im Bademantel, betrete ich das Zimmer, in dem meine Frau liegt. Ich müsste eigentlich jemanden anrufen. Aber man würde sie abholen, und dann wäre sie fort. Warum? Die dümmste Frage, die man stellen kann, wenn ein Mensch einen Menschen verlässt, ist: Warum?

Als meine Frau mich zum ersten Mal verließ, war ich fünfundzwanzig, und ich grub mit heftiger Traurigkeit. Ich grub mit Tränen, ich grub mit Brustbeben, mit kurzen, heftigen Pausen, in denen mein Körper nichts war als ein geschüttelter Baum. Ich grub mit Nebelnetzen vor den Augen. Ich grub in Raserei. Ich stach den Spaten so weit hinein, wie es ging, oder haute mit der Rückseite des Eisens die Erde platt. Ich bückte mich und grub mit den Händen, bohrte die Finger in das saftige, nasse, kühle Schwarz, sammelte das Innerste des Drecks in meinen Fingernägeln, die sich füllten und schwarz und schwärzer wurden.

Es gab keinen Grund für die Trennung, doch wie gesagt, *warum* ist die dümmste aller Fragen, sie ging einfach, und als ich sie das letzte Mal sah, war eine Glasscheibe zwischen uns, am Flughafen. Ich konnte nicht hören, was sie sagte, ich konnte ihr Haar nicht riechen, ich konnte nur sehen, wie sie den Mund bewegte, ich hätte gern helle, offene i-Laute gesehen, vermischt mit der Gewissheit eines Wiedersehns, aber ich sah nur einen u-Laut, der aussah wie ein angedeuteter Kuss, doch war es alles andere als ein Kuss, nur ein trauriger Blick: Tut mir Leid.

Dann drehte sie sich um und ging. Ohne zurückzublicken. Aber sie war so nah an der Scheibe gestanden, dass ihr letzter Atemzug noch am Glas klebte und von den Enden her verbrannte, wie Papier.

# Filmmusik

Auf meinem Weg hinunter zum Fluss kam ich am *Walfisch* vorbei, einer alten Eckkneipe, und aus den gekippten Fenstern drang Klaviermusik. Ich lauschte, öffnete die Tür und trat ein. Die Kneipe war gut besucht. Fast kein Sonnenstrahl drang durch die Scheiben, vor denen grauverstaubte Plastikpflanzen standen. Die Wände waren mit Kinoplakaten aus den Fünfzigern beklebt: rauchzerbissen. Mein Blick schwenkte über die Tische hinweg zum Mann am Klavier. Ich fragte den Wirt nach dem Pianisten und erfuhr, dass er Student der Musikhochschule war und sich seit einigen Abenden im *Walfisch* sein Geld verdiente. Ich ging zu Schneider, so sein Name, ans Klavier, blieb mit einem Glas in der Hand neben ihm stehen und schaute ihm zu. Schneider kümmerte sich nicht um mich, und auch ich sprach ihn nicht an, denn während er spielte, hielt er nicht etwa von Zeit zu Zeit inne, um die Noten zu wechseln oder die Finger zu dehnen oder einen Schluck zu trinken, nein, er spielte durchgängig, wie im

Fluss, ohne Unterlass. Mir war die Musik, die er spielte, nicht bekannt, es schien aber eine Musik für Bilder zu sein, für Bilder, die sich bewegten: eine Filmmusik.

Nach einiger Zeit stellte ich mich so ans Klavier, dass ich ihm in die Augen sehen konnte, und begriff endlich, was dort vor sich ging: Der Pianist blickte, während er spielte, nicht auf seine Hände, nicht auf die Tasten, nicht auf das wie sinnlos vor ihm aufgeschlagene Notenheft, nein, er blickte, ohne den Kopf verrenken zu müssen, am Klavier vorbei, in die offene Kneipe hinein, zu den Tischen, an denen die Menschen saßen und redeten. Schneider atmete alles, was im Raum geschah, ein, um es zur gleichen Zeit ins Klavier zu bannen. Der Film, zu dem er die Musik spielte, lief vor seinen Augen ab, und Schneider fing die Wirklichkeit der Kneipe ein, als Spiegel aus Schall.

Ich sah genauer hin.

Schneider konzentrierte sich immer auf einen der Tische und studierte die Bewegungen und Mienen der Menschen. Stand plötzlich jemand auf, sprang auch die Rechte in höhere Gefilde; sah ein Pärchen sich lang in die Augen, zerschmolz die Musik; tippte jemand mit dem Bierdeckel in eckigem Wechsel auf den Tisch, wurde auch Schneiders Melodie fahrig und zerrissen; hörte ein Gast nicht auf zu lachen, trillerten Schneiders Zeige- und Mittelfinger passend zur Stimmlage. Und einmal fiel ein Glas um und mit ihm Schneiders Rechte in fünffingrigem Akkord schwer in die Tasten, und Bier und Melodie versickerten einträchtig, ehe sie vom Lappen des Wirtes und von Schneiders Glissandokuppen aufgewischt wurden.

Währenddessen bot Schneiders linke Hand eine andere Tonfolge dar, eine monotone Begleitung, mit der Schneider wohl versuchte, den verrauchten Raum zu beschreiben, die müde Grundstimmung der gesamten Kneipe, diesen vielmündigen Gesprächsfluss. In tief wispernden Sequenzen sog Schneider das alles durchtränkende Gerede der Menschen in das Klavier hinein.

Schneiders Spiel besaß die höchste aller Qualitäten, die gute Filmmusik auszeichnet: Niemand nahm sie wahr. Keiner der Gäste beachtete den jungen Komponisten, die Musik fügte sich um sie wie ein zweiter Atem, von ihnen selbst ausgeströmt, ohne im Geringsten zu stören. Die Anwesenden waren bei sich selbst und bei dem, was sie taten und sagten. Keinem fiel auf, dass sie alle vom Klavier klar und präzise aufgenommen und abgespielt wurden. Alles war für sie von einer natürlichen Ordnung, ganz so, als gehörte das Spiel wie der Rauch und das Bier zum Rahmen des Gewohnten.

Wenn die Musik, die ich hörte, nicht mehr zu dem passte, was ich sah, schaute ich manchmal gleich zu Schneider, um herauszufinden, wohin dessen Blick gewandert war, manchmal aber versuchte ich zu raten und selber den Tisch ausfindig zu machen, den Schneider gerade neu ins Auge fasste. Und während ich derart weiter zu den Tischen schaute, gebannt, in Fesseln aus Tönen, nahm ich plötzlich eine Wandlung der Musik wahr, es waren tiefe, schlundige Töne, die noch tiefer hinabreichten als die linkshändige Begleitung: Schneider hatte begonnen, seine Hände zu kreuzen, die Linke vertonte weiter das bieratmende Geschwätz der Leute, während die Rechte sich über das linke Handgelenk streckte und zu den untersten Tönen des Klaviers zu kriechen begann, ein langsames, mattes Schildkrötenkriechen.

Ich ahnte wohl, dass er *mich* nun ansah, mich, der ich immer noch mein erstes Glas in der Hand hielt, und ich wurde unruhig bei diesem leisen, bassen Ausatmen des Klaviers. Ich wagte nicht, mich zu vergewissern, ob meine Ahnung stimmte, ich klammerte mich an den Versuch, im dunklen Raum den passenden Gegenpol für die Musik zu finden. Das gelang mir nicht. Die Töne wurden leiser. Sie schienen verstummen zu wollen. Ich musste erkennen, dass nichts, was ich sah, dem entsprach, was ich hörte. Ich würde dem Mann am Klavier in die Augen sehen müssen, wollte ich endgültig wissen, worauf sein Spiel sich richtete. Spielte er wirklich diese Töne und sah mich dabei an? Ich verstand ihn nicht, ich war doch vollkommen still, und meine Augenlider regten sich nicht, wie kam er dazu, der Mensch am Klavier, mich derart in Musik zu pressen, als kriechendes Abwärtsgleiten in schwarze Gründe, was dachte er sich dabei, wie konnte er dies tun, ohne mich zu kennen?

Ich wandte mich um.

Tatsächlich, Schneider sah mir offen und unverhohlen ins Gesicht. Der junge Komponist beendete sein Spiel, ließ die Hände kurz über Kreuz auf den Tasten ruhen, als wolle er sie einem Feind zum Fesseln reichen, erhob sich dann rasch und schloss den Deckel des Klaviers.

# Wer geht wo hinterm Sarg?

Meine Großmutter wohnte in der unteren Etage unseres Hauses, und wenn ich an ihre Wohnung denke, erinnere ich mich zuerst an das Ticken der Küchenuhr und frage mich, woran es liegt, dass in Wohnungen alter Menschen die Uhren immer besonders laut ticken.

Als Junge habe ich meiner Großmutter oft vorgelesen, weil ihre Augen sehr schlecht waren, habe sogar manchmal mit ihr den Rosenkranz gebetet. Sie saß immer auf demselben Stuhl am Tisch und glaubte mit Haut und Haar an das, was sie betete.

Gestorben ist sie im Kreise der Familie. Allesamt sind sie da gewesen. Nur ich nicht. Ich war damals gerade ausgezogen und wohnte, weit weg, in Freiburg. Onkel Josef las, während sie starb, aus dem Gebetbuch vor. Da kam die Stelle, an der stand *Herr erbarme dich*. Danach folgte sozusagen als Regieanweisung in Klammern: dreimal. Das war für ungeübte Kirchgänger gedacht. Es bedeutete, dass man nun *Herr erbarme dich, Herr erbarme dich, Herr erbarme dich* zu sagen hatte. Mein Onkel war aber ein geübter Kirchgänger, und es ist mir schleierhaft, warum er nicht *Herr erbarme dich, Herr erbarme dich, Herr erbarme dich* sagte, sondern *Herr erbarme dich dreimal.* Alle lachten — so wurde mir erzählt — oder versuchten, das Lachen zu unterdrücken, und da starb meine Großmutter.

Ich mag diese Geschichte sehr. Die Vorstellung, dass meine Großmutter von einem Lachen umgeben ihren letzten Atemzug tat, weckt ein sehr beruhigendes Gefühl in mir, fast ist es, als hätte man dem Tod damit einen Zahn aus dem Maul gerissen.

Als ich zu Hause ankam, platzte ich in eine Lagebesprechung. So ein Tod hat einen verdammt langen Rattenschwanz. Mir war nicht klar, was da alles besorgt und erledigt und an was alles gedacht werden musste: Karten schreiben und verschicken, Telefonate führen, Aufträge vergeben, Sarg kaufen, Totengräber, Pfarrer, Grab, Grabstein. Ich saß still dort, und das Zimmer schwirrte nur so vor Hektik: Der Tod war da, aber niemand wollte ihn dahaben.

Man besprach den Ablauf der Exequien. Man wählte Lieder aus. Texte. Was hatte sie gemocht? Was passt zur Situation? (Ich sagte: Das Grab ist leer, der Held erwacht. Man sagte: Sei nicht so makaber.) Welche Fürbitten? Welche Lesung? Welcher Spruch auf den Totenzetteln? Welches Bild? Und: *Wer geht wo hinterm Sarg?*

Keine Spur von Empörung, eine ganz normale Frage, niemand erhob die Stimme, man sagte: Zuerst die Kinder der Toten (die vier Geschwister) und dann die Ehepartner der Kinder und dann die Enkelkinder und dann das Volk. Onkel Josef fragte, in welcher Reihenfolge die vier Geschwister zu gehen hätten, ob die Brüder zuerst und dann die Schwestern oder alle in einer Reihe? Man sagte, dass man wohl am besten eine Viererreihe bilde. Onkel Heinrich meldete sich und fragte, ob es nicht schöner wäre, wenn die vier Geschwister gemeinsam mit ihren Ehepartnern gingen? Das sei kein schlechter Vorschlag, sagte man, aber acht Leute passten nicht in die erste Reihe hinterm Sarg, so dass dann womöglich ein Schwiegersohn oder eine Schwiegertochter *vor* einem der leiblichen Kinder platziert sei, was natürlich nicht gut aussähe. Und Frau Scherger? (Großmutters beste Freundin.) Man kratzte sich am Kopf. Ob man sie in die Mitte nehmen solle? Nein, das würde ihr wahrscheinlich nicht recht sein, sagte man, sie sei ja auch nicht Teil der Familie, also sei ihr Platz wohl hinter den Enkelkindern, dort aber unmittelbar. Und Tante Maria? fragte ich. (Großmutters Schwester.) Nicht doch, sagte man und schüttelte den Kopf, die ist doch schon tot. Ach, sagte ich. Ehrlich? Seit wann? Seit drei Jahren, lautete die Antwort. Dann sagte ich so ernst wie möglich, dass ich mich nicht mit meinem Platz in (aus Familiensicht) letzter Reihe zufrieden gäbe. Ich hätte mit meiner Großmutter schließlich unter einem Dach gelebt, hätte ihr oft genug vorgelesen, ja, sogar mit ihr den Rosenkranz gebetet. Ich, sagte ich, hätte ein Recht auf einen Platz in der ersten, und wenn das nicht ginge, so doch wenigstens in der zweiten Reihe, also in der Reihe der Ehepartner. Man überlegte hin und her, sagte, dass dann ja auch die anderen Enkelkinder Ansprüche anmelden könnten, nein, befand man, ich hätte mich in die ausgemachte Reihenfolge zu fügen, es täte ihnen Leid, da sei nichts zu machen. Meine Tante Irmgard sagte nun, dass sie eigentlich nicht mit den anderen unmittelbar hinter dem Sarg sondern ganz am Ende des Trauerzuges gehen wolle, allein, für sich, das wäre ihr lieber. Das ginge natürlich überhaupt nicht, sagte man einhellig. Meine Tante habe *auf jeden Fall* hinter dem Sarg zu gehen, wie alle anderen Geschwister auch, da die Leute sonst denken könnten, die

Familie sei zerstritten. Nein, man müsse geschlossen hinter dem Sarg gehen, da gebe es überhaupt keine Diskussion. Ich sagte, man könne die Reihenfolge ja auswürfeln, und verließ den Raum.

Ich nahm Abschied von meiner Großmutter, indem ich sie im Totenhaus aufsuchte. Das war das erste und einzige Mal, dass ich einen toten Menschen vor mir liegen sah. Sie bewegte sich nicht, und ich sagte noch etwas, ehe ich mich umdrehte. Ich ging nicht zur Beerdigung meiner Großmutter und weiß bis heute nicht, wer wo ging, hinterm Sarg.

# Im Jahr des Drachen

Jeden Abend ging er am Fluss spazieren, rief ab und an seinen Hund zurück, bückte sich manchmal, im Sommer, und warf einen Stock ins Wasser, manchmal aber auch einen Stein, um den Hund zu ärgern, der hinterhersprang und nichts fand, das er hätte zurückbringen können. Die meiste Zeit aber ging er still und fast gebückt und in Gedanken durchs Ufergras. Seine Hände steckten in den Manteltaschen, und sein Blick reichte nicht weiter als bis zum nächsten Schritt. Dann dachte er an die Leichen, die ihm der Fluss in fünfundzwanzig Dienstjahren angeschwemmt hatte. Es waren wohl mehr als zehn gewesen, und er versuchte sich an die einzelnen Menschen – meist Selbstmörder – zu erinnern, an ihre Gesichter, ihre aufgedunsenen Körper, ihr aus dem Mund geschnittenes Lachen. Er dachte an die Spaziergänger, welche die Leichen gefunden und ihn benachrichtigt hatten. Er rief sich die vom Schock gezeichneten Züge jener Männer und Frauen ins Gedächtnis, und oft genug hatte er sich vorgestellt, wie es wohl wäre, wenn er selbst eine solche Leiche fände. Auf dem Rückweg seiner Spaziergänge, wenn der Hund vom Laufen müde war und der Fluss nun zu seiner Linken die Wasser vor sich herschob, sah der Kommissar nicht mehr auf den Boden, sondern direkt in die schwarzen Wellen des Flusses. Er beobachtete aufmerksam die Bewegungen des Wassers. Jeder Stein schien dann ein Haarschopf, jedes helle Stück Holz eine Hand zu sein.

Am 12. November, im Jahr des Drachen, als es schon kalt zu werden begann und selbst der Hund (es war sein dritter) nicht mehr ins Wasser wollte, geschah, worauf der Kommissar seit fünfundzwanzig Jahren wartete: Er fand eine Leiche und zog sie aus dem Wasser. Er blieb ruhig und kühl. Er machte sich nass und beschmutzte sich. Nachdem er den Tod festgestellt hatte, rief er seine Kollegen an. Dann setzte er sich auf einen Baumstumpf und blickte auf den Mann, der vor ihm lag.

Die Ermittlungen stockten bereits, ehe sie richtig begonnen hatten, denn man war nicht in der Lage, die Identität des Toten festzustellen. Er trug keine Papiere bei sich. Keine der aktuellen Vermisstenanzeigen führte auf eine Spur. Ohne Resultat blieb auch die Untersuchung von Fingerabdruck, Gebiss, Größe und Gewicht. Was man hatte, waren die Kleider und ein Brief, den man in der rechten Gesäßtasche gefunden hatte, der allerdings so durchnässt war, dass man ihn kaum entziffern konnte. »... und deshalb ... wir weiter ... gegangen ... Schnürriemen ...« waren die einzig rekonstruierbaren Wörter.

Des Kommissars Untersuchung begann bei den Kleidern. Er stellte fest, in welchem Geschäft, ja sogar, wann ungefähr sie dort gekauft worden waren, aber natürlich nicht, von wem. Der Kommissar ließ sich nicht entmutigen. Wenn der Tote hier eingekauft hat, dachte er, so wird er irgendwo in der näheren Umgebung gelebt haben. Er zeichnete in seinen Stadtplan einen roten Kreis und begann sich in der Gegend umzusehen. Der Kommissar merkte nicht, dass sein Kollege bereits am dritten Tag die Unlösbarkeitsmiene aufgesetzt hatte, seufzend durchs Büro schlich und in andere zu bearbeitende Akten schaute. Jeden Tag, zu Dienstbeginn, versuchte er den Kommissar von dessen absurden Unternehmungen abzubringen und fragte ihn, was er sich denn beweisen wolle. Und unausweichlich kam auch der Moment, an dem sein Chef die Geduld verlor und dem Kommissar den Fall entzog. Der Kommissar verließ das Büro, wortlos, ging hinaus auf die Straße und stieg in sein Auto.

Seit dem Fund der Leiche befand er sich in einem Zustand der Erregung, den er sich nicht erklären konnte. Da war ein Krabbeln in ihm, das ihn nicht zur Ruhe kommen ließ, es drängte ihn, den Fall zu lösen, herauszufinden, wer dieser Mann war, der ohne Pass und Identität aus dem Fluss aufgetaucht war. Der Kommissar fühlte sich dieser Wasserleiche in besonderem Maße verpflichtet, die nasse Umarmung am Ufer hatte sie, wie ihm schien, irgendwie aneinander geschweißt. Er dachte, das seltsame Gefühl würde im Laufe der Tage abnehmen, doch das Gegenteil war der Fall: Er wurde unruhig, konnte nachts schlecht schlafen und saß oft noch lange im Pyjama auf dem Sofa und starrte in den Fernseher, den er vergessen hatte anzuschalten.

Es zog ihn zum Fluss, an die Stelle, an der er die Leiche gefunden hatte. Er setzte sich auf denselben Baumstumpf, auf dem er zwei Wochen zuvor gesessen hatte, und schaute ins Wasser. Es war früh am Morgen, sonnig, die Oberfläche des Flusses zog leicht gekräuselt an ihm vorbei, die letzten Vögel warfen sich in die Luft und fingen Insekten im Flug. Sein Telefon steckte in der Innentasche, und das Klingeln erschien ihm seltsam wattig und gedämpft, es wurde lauter, als er das Ding aus der Tasche zog, und wieder leiser, als es hoch und weit hinaus in den Fluss flog, um gurgelnd im Wasser zu versinken. Mit dem Telefon war ein Zettel aus der Tasche auf den Boden gefallen. Es war der Brief des Toten oder das, was von dem Brief noch zu lesen war.

Und plötzlich sah der Kommissar ein Schild vor sich, ein Kneipenschild, und auf dem Schild stand der Name *Schnürriemen*. Er war tags zuvor daran vorbeigegangen und hatte den Namen achtlos wahrgenommen, jetzt aber, hier, am Wasser, stand das große rote Schild deutlich vor ihm. Der Kommissar steckte den Zettel in die Tasche. Hier ging es nicht um Schuhe, sagte er sich, hier ging es um eine Kneipe: ein Ort, zu dem der Tote augenscheinlich in Verbindung stand, ein Ort, an dem er sich vielleicht mit jemandem verabredet hatte, kurz vor seinem Tod, ein Ort, wer weiß, an dem man ihn kannte.

Der Kommissar wollte aufstehen. Doch etwas hielt ihn zurück. Die Sonne durchbohrte die leichten Wellen des Flusses. Es war eine harte, kalte Sonne, die ihre Strahlen in die Fluten stach. Der Kommissar sah sich die wenigen Vögel an. Ein leiser Wind legte sich auf die Sträucher am Ufer und faltete Blätter. Der Himmel war von verschwommenem Blau, undurchsichtig, ohne Wolken und mit einem blassen, vergessenen Mond am Rand.

Ein Flugzeug schob sich durch den Himmel. Es flog hoch, ohne Motorenlärm.

Der Kommissar: Gehe ich?

Ich werde dem Wirt ein Bild vom Toten zeigen, und er wird mir sagen, er kenne den Mann. Er wird mir den Namen nennen und die Adresse, zu der ich gehen werde. Hat er eine Familie? Wohl kaum. Niemand vermisst ihn, niemand kümmert sich um ihn. Ich finde eine leere Wohnung vor.

Oder es gibt eine Familie. Es gibt eine Frau und einen Liebhaber der Frau und Eifersucht und ein Motiv und einen Mord. Ertränkt. In der Bade-wanne. Ich werde die Fragen stellen, die gestellt werden, und der Liebhaber wird die Antworten geben, die gegeben werden. Es wird verhaftet, wer verhaftet werden muss, und Gitterstäbe wer-den sich vor ein Gesicht schieben.

Oder ich zeige dem Wirt das Bild, und er zuckt mit den Achseln und wischt mühsam über die Theke. Er habe den Mann nie gesehen, sagt er. Ich weiß, dass er lügt. Ich frage die anderen Gäste in der Kneipe. Einer gibt zu, ihn zu kennen. Ich verfolge die Spur. Sie führt mich in Spelunken, ich spreche mit vielen Menschen, ich zerbreche Schweigen, ich ziehe die Kreise enger, bis am Schluss die Spur verpufft, weil man mich irrege-führt hat. Aber ich gebe nicht auf. Ich fange von vorn an. Ich habe inzwischen meinen Job verloren. Es gibt nur noch diese Frage, die mich nicht loslässt: Wer ist der Mann, den ich nicht kenne, den niemand kennt, der mir vor die Füße gespült wurde, am 12. November, im Jahr des Drachen?

Wenn nichts mehr hilft, wenn alles ausgeschöpft, wenn die letzte Spur versickert ist, werde ich mir die Kleider des Toten anziehen. Ich werde sehen, ob sie mir passen. Ich werde sehen, was passiert. Ich werde sehen, ob mich jemand anspricht. Einen Spaziergang werde ich machen, ohne meinen Hund. Die Kleider des Toten werden mich an die Brücke über den Fluss führen, und ich werde ins Wasser schauen. Was ich denken werde, in diesem Moment, kann ich jetzt noch nicht sagen.

## Vom Reisen

Ich trage trotzdem T-Shirts im Sommer.

Die meisten, die es sehen, schauen einfach weg und tun so, als sähen sie es nicht. Andere fragen mich, in höfliche Floskeln verpackt, wo denn die Haut geblieben sei, die eigentlich meinen Unterarm bedecken sollte. Dann sage ich: Mir fehlt die Haut, weil ich als Kind nie gereist bin. Man schaut mich fragend an, und ich beginne meine Erzählung mit dem Satz: Wir hatten einen Schuppen.

Der Schuppen war nicht groß, so an die acht Quadratmeter, schätze ich, eher kleiner. Im Sommer ging ich jeden Samstag in den Schuppen. Das durfte ich, weil wir kein Auto hatten, das darauf wartete, gewaschen zu werden, und weil meine Geschwister und ich den Vormittag über bereits das Unkraut in unserem kleinen Garten gejätet hatten und unser Vater uns sagte: Jetzt habt ihr frei und könnt tun, was ihr wollt. Meine drei Brüder trafen sich dann bei Freunden, um Radio zu hören. Sie verfolgten die Fußballübertragung und gingen anschließend auf den Bolzplatz, um das nachzuspielen, was sie gerade gehört hatten. Danach kamen sie dreckig nach Hause, schlugen die Sohlen ihrer Bolzschuhe vor der Haustür hart aneinander, tappten in schwarzen Socken durch die Wohnung, wuschen sich den Schmutz vom Leib und glänzten frisch beim Abendbrot. Meine Schwestern lasen ausgeliehene Bücher oder legten sich – als sie älter waren – halbnackt an den See, kamen mit knallrotem Bauch nach Hause und sagten, sie hätten vergessen sich einzucremen.

Ich dagegen ging in den Schuppen. Mein Vater hatte ihn mit seinen eigenen Händen gebaut. In der hintersten Ecke, neben der Kartoffelkiste, stand ein Liegestuhl, den mein ältester Bruder im Sperrmüll gefunden hatte. Er war dort fest eingeklemmt, und das Erste, was ich tat, wenn ich samstags den Schuppen betrat, war, den Stuhl aus der staubigen Umklammerung zu befreien und ihn aufzuklappen. Dann ließ ich mich in die rissigen Polster fallen, durch die man den harten, drahtigen Kern des Stuhls spürte. Ich legte meine Arme auf die Lehnen.

Der Schuppen hatte ein Fenster, ein richtiges Fenster aus Glas. Wenn eine Spinne anwesend war, so hatte sie ihr Netz von innen in eine Ecke des Fensters gesponnen. Ich sah ihr beim Fangen zu. Selten nur saß sie, mit kleinem Kreuz auf dem Rücken, mitten im Netz, meistens versteckte sie sich in einer kleinen Spalte im Holz, um rasch herauszuschießen, wenn etwas zappelte. Mir imponierten die flinken Beine, mit denen sie die Fliege einspann, mir gefiel die rasende Verwandlung des schwarzen Fliegenkörpers in ein handliches weißes Paket, das entweder schnell ausgesaugt oder in eine Vorratsecke des Netzes gehängt wurde. Meistens beobachtete ich sie nur, manchmal aber stand ich auf und warf eine kleine grüne Blattspitze ins Netz, zu der die Spinne gleich hinunterflog. Sie nahm sich keine Zeit, enttäuscht zu sein, sondern sah das Blatt als das an, was es war, als einen Fremdkörper, der sie verraten würde, bliebe er dort, wo er war, und binnen weniger Sekunden hatte sie das Netz so aufgeknüpft, dass das Blättchen auf den Tisch vor dem Fenster hinabfiel, während die Spinne das Loch mit den Fäden flickte, die ihr noch an den Beinen hingen.

Einmal fand ich auf dem Boden eine dicke Wespe, die kurz vorm Verenden im Staub wühlte. Sie konnte nicht mehr fliegen, ihr Leben klebte im Dreck. Ich nahm sie achtsam auf ein Blatt Papier und warf sie der Spinne ins Netz, die herausschoss und gleich wieder zurück, bis an den Rand des Netzes, von wo aus sie die Wespe belauerte. Die Spinne zerstörte fast ihr halbes Netz, um die große, nur noch leicht sirrende Wespe zu entfernen, und hielt einen respektvollen Abstand, bis das schwarzgelbe Insekt endlich herabpurzelte.

Im Schuppen gab es allerlei Geräte, die mein Vater für seinen Garten brauchte. Sie hingen an einer Leiste an der Wand, und wenn ich von meinem Liegestuhl aus mit dem Fuß gegen sie stieß, baumelten sie leicht. Der Boden des Schuppens bestand aus grauen, ungefugten Steinplatten, die hie und da wie Mäuseschnauzen hervorragten. Ratten gab es nur ganz selten. Knapp unter dem flachen Dach hatte mein Vater auf jeder Seite zwei große, rechteckige, die halbe Fläche des Schuppens bedeckende Bretter befestigt, auf die man Latten, Stöcke und anderes Holz schieben konnte. Ich stellte mir oft vor, was für Insekten in diesen Kammern hausten, Käfer, Hundertfüßler und schwarze Ohrenkneifer.

Wenn ich also samstags im Schuppen saß und die Beine ausstreckte, wenn ich langsam ruhig wurde und die Augen schloss, in meiner schattigen, dumpfdüsteren Baracke, dann tat ich das, was ich am liebsten tat: Ich reiste. Die Reiseziele hatte ich allesamt geklaut. Von meinen Schulkameraden, die mir nach den Sommerferien von Schiffsfahrten und Flügen zweiter Klasse erzählten, aus Berichten meines Großvaters, der zur Zeit der Weltwirtschaftskrise in Amerika gewesen war, und aus Büchern, die ich mir aus der immer kleiner werdenden Bibliothek in der Stadt holte. Aus all dem spann ich mir meine eigene Reise, im Liegestuhl sitzend, geschlossenen Auges, allein, und flog nach Bangkok und Sydney oder auf die Philippinen.

An dem Tag, von dem ich berichten will, waren wir in der Wüste, meine Familie und ich, wir hatten zwei große Geländewagen gemietet, und ziemlich schnell war klar, dass wir uns verirrt hatten. Die Hitze floss wellig an den Wagen vorbei. Mir rann der Schweiß durchs Hemd. Es roch nach Staub, und wir atmeten leise. Meine Geschwister blickten unruhig in die weite Landschaft und fanden nichts, woran sie sich hätten klammern können. Wir schwiegen, niemand wollte aussprechen, was alle wussten. Mein Vater sah zur Tankanzeige, die Nadel tauchte in rote Bereiche. Unsere Kehlen wurden kreidiger. Der Staub sprang uns an und stach wie Lötfunken.

Ohne Probleme, dachte ich, könnte ich meine Familie nun von ihrer Qual erlösen. Ich könnte eine Oase auftauchen lassen oder die Hütten eines

Dorfes oder Zelte oder ein anderes Fahrzeug, das uns weiterhalf. Ich hatte die Macht. Ich könnte sie aber auch dort sitzen lassen, zusammengekauert wie geschnürte Säcke, ohne Mucks. Alles, was geschehen würde, befand sich in meiner Hand. Ich war es, der den Zeitpunkt der Rettung bestimmte. Das genoss ich. Ich sah die Augen meiner Geschwister gegen den blendend gelben Wüstensand und wusste, dass ich ihre Unruhe würde löschen können, ohne Anstrengung, einfach so.

Und dann ein Knall.

Wohl ein Reifen, dachte ich, zerplatzt, der Wagen ruckelte und hielt, mein Vater sprang raus, wir folgten ihm, er sagte, wir hätten nicht viel Zeit, ich sah ihn an und dachte: Jetzt erlöse ich ihn. Ein Auto sollte kommen, von Westen her, stellte ich mir vor und suchte den Horizont ab, doch konnte ich nichts erkennen, kein Wagen zeigte sich, stattdessen schwere Luft, die in unsere Köpfe kroch. Ein Dorf, im Norden, doch keine Hütten, stattdessen Sonnenhiebe auf unsere Schädel. Eine Oase, dort, im Osten, aber nichts dergleichen, nur Münder ohne Speichel und Kehlen, die nicht schlucken konnten. Zelte, dachte ich, im Süden, doch keine Planen weit und breit, nur Staubdornen, die sich um unsere Hälse legten.

Meine Macht schien versiegt, meiner Vorstellung war die Kraft genommen. Verwirrt öffnete ich die Augen. Der Schuppen stand in Flammen: die Holzschläge an der Decke, der Tisch und die Fensterrahmen. Die Spinne, dachte ich, saß sie in ihrer Nische im Holz und verbrannte? Ich rührte mich nicht. Da war kein Instinkt, der das Leben retten wollte, das in mir steckte. Da war kein plötzliches reflexartiges Aufspringen, kein Aufreißen der Tür, kein Satz hinaus aus dem Feuer. Da war nichts, nur Starre auf dem Liegestuhl. Ich blieb still. Ich saß da und blieb still und schaute dem Feuer zu, das mich mehr und mehr gefangen nahm. Die Glut leckte mich ab, als wolle sie prüfen, ob ich auch schmecken würde. Im Fenster zeigten sich Risse. Die Kartoffelkiste hinter mir dampfte. Die Geräte an der Wand waren hinabgefallen. Ein Spaten und eine Harke lagen quer über meinen Beinen.

Mein Vater stürzte zu mir hinein, riss mich vom Sitz und zog mich fort. Zum ersten Mal schrie ich an diesem Nachmittag. Denn als ich meinen Kopf drehte, in den Armen meines Vaters, da glaubte ich zu sehen, dass an der linken Lehne des Liegestuhls, der schon brannte, meine Haut hing, die Haut, die eigentlich meinem Arm gehörte. Und wenn ich den Schmerz beschreiben will, den ich spürte, in diesem Moment, so kann ich nur sagen:

*Wenn, an einem knarrend kalten Wintertag, man seinen nackten Arm an eine eisbeleckte Stahlwand presst, wenn man die Wand eine Weile nagen lässt und den Arm dann hart zurückreißt, so bleibt sie hängen, die Haut.*

# Brief eines Butlers

Hochverehrte Gräfin von Bardenberg,

so, wie mein Großvater Ihrem Großvater und mein Vater Ihrem Vater einst in treuer Demut ergeben waren, so geruhe auch ich nun bis zu dem mich in Bälde ereilenden Tode all jenes auszuführen, zu dem Sie mich, verehrte Gräfin, am Abend vor Ihrem für mich so schrecklichen Verschwinden bestimmten.

Bereits am heutigen Morgen, der frisch und wohlgemut über den Bäumen stand, befolgte ich die erste Ihrer herrschaftlichen Anweisungen und trat ohne Zaudern an jenes Goldfischglas, in welchem ruhig und träge Ihr Fisch schwamm. Ich krempelte mir den Ärmel hoch, fasste ins Wasser, versuchte, den glitschigen Fisch zu haschen, was mir auch gelang, und vorsichtig, dass er nicht aus meiner Hand auf den Boden glitte und sich die Flossen bräche, trug ich ihn dorthin, wo auch Sie, verehrte Gräfin, ihn seit kurzem jeden Morgen für eineinhalb Minuten placierten, auf die Fensterbank zur Terrasse, so dass die

Strahlen der Sonne seine Schuppen zum Glimmen brachten. Der Fisch, ich blieb neben ihm stehen, begann wie immer seine Atemzüge zu drosseln, auf ein Minimum herabzuschrauben, da er rasch merkte, dass nicht das, was er zum Atmen benötigte, sondern allenfalls klebrige und trockene Luft in seine Kiemen kam, doch ergab er sich in seine unabänderliche Position, wahrscheinlich erinnerte er sich an diese allmorgendliche Prozedur und hoffte, dass man ihn — wie immer — so auch an diesem Morgen nur für kurze Zeit seinem Elemente entrisse. Er behielt Recht, und als ich ihn wieder auf meine Hand nahm, blieb er ruhig liegen und zappelte kaum. Zurück im Wasser schwamm er heute, ich bedaure, Ihnen dies mitteilen zu müssen, erstmals, wie ich denke, etwas schräger als sonst. Dabei, verehrte Gräfin, dürfen Sie versichert sein, dass ich genau die Uhr im Auge behielt: Nur eineinhalb Minuten verstrichen, ehe ich ihn zurück ins Glas tat, welches ich am Abend zuvor einer gründlichen Reinigung unterzogen hatte.

Mir blieb allerdings nicht viel Zeit, um nachzuforschen, wie sehr der Fisch unter den — nun doch schon zwanzig Tage andauernden — morgendlichen Sonnenbädern insgesamt gelitten hatte, ob es sich also nur um eine kurzzeitige Schräglage handelte, welche binnen weniger Flossenschläge zurück in die ihm angestammte Position führte, oder ob tatsächlich in jenem schräg liegenden Körper bereits die Anzeichen eines nahen Todes sich äußerten. Nein, ich entfernte mich gleich vom Goldfischglase, um in das obere Fach Ihres großen Schrankes zu klettern, welcher, wie ich nun, nach meinem Aufenthalt von 26 Minuten, feststellen kann, durchaus Platz böte für vier ausgewachsene Männer. Zu diesem Unterfangen holte ich die Klappleiter, die im Personalraum hinter der Tür steht – niemand sah mich und konnte so fragen, was ich mit jenem Instrumentum bezweckte –, bestieg sie, öffnete die Schranktür und erblickte geräumige Fächer. Ich kauerte mich hinein. Wenn jemand käme, so dachte ich, sähe er die Leiter, die vor dem Schrank postiert war, vermutete wahrscheinlich die Anwesenheit eines Schrankräubers und stöberte mich im Handumdrehen auf, mir blieb aber keine andere Wahl, als geflissentlich zu hoffen, dass niemand, nicht die Putzfrau, nicht die Magd, nicht Ihr Sohn, der seit Ihrer Abwesenheit ein fortwerfendes und aufräumendes Regiment führt, mich mittels der verräterischen Leiter erblickte, und so hockte ich still in dem dunklen Gemach, bis die von Ihnen vorgegebene Zeit von 26 Minuten verstrichen war. Sie haben noch einige Ihrer alten Kleider in jenem Schrank, verzeihen Sie, wenn ich dies so offen anspreche, aber durch diese Kleider waren Sie mir in prächtigster Weise gegenwärtig: durch den Stoff, den ich neben mir sich bauschen hörte, durch die Seide, die meine Hände streifte, durch die Wohlgerüche, welche den Gewändern entströmten, ja, vor allem die Wohlgerüche waren es, die mir Ihr Bild und die mit diesem Bild verbundene Stimme und Ihr wohlanständiges, durch keine Schlechtigkeit gebeugtes Wesen in Erinnerung riefen, und ich muss einmal mehr zugeben, wie sehr Sie Recht hatten, als Sie damals meinen Vorschlag ablehnten, zum Schutze der Kleider zu einem Mottenmittel, sei es Pulver oder Kugel, zu greifen, da die Verwendung eines solchen Mittels zugleich das ungebremste Ausbreiten jener Wohlgerüche verhindert hätte.

Ihrem Schrankgemach wieder entstiegen, nutzte ich die Gelegenheit, um beim Wegstellen der Leiter am Goldfischglas vorbeizugehen. Wie groß war mein Schrecken darüber – und ich habe mich lange gescheut, Ihnen dies mitzuteilen –, dass der von Ihnen geliebte Fisch weder stramm und aufrecht seine kurzen Runden zog (so dass wir hätten sagen können, dass jene frühmorgendliche Schräglage nichts anderes gewesen wäre als eine leichte Unpässlichkeit), noch an der Oberfläche trieb, tot, sozusagen (so dass wir beide für jenen Tod uns die Schuld hätten zuschreiben müssen), nein, verehrte Gräfin, es verhielt sich anders: Das Glas war fort. Fisch samt Glas standen nicht mehr an jenem Platze, den wir für ihn und es bestimmt hatten, waren verschwunden, weg, verschluckt vom Boden, ich fasste mir ans Herz, das rascher schlug, als es hätte schlagen dürfen. Doch es half nichts, ich musste meine Nachforschungen, wo denn der Fisch nun geblieben sei, zunächst zurückstellen, da mich anderes vorwärts trieb: Ihre Aufträge, Gräfin.

So ging ich, verehrte Gräfin, zu den Pferden, zum Stall, von wo immer noch eine leichte Unruhe herüberwehte, weil in der Nacht zuvor ein wildes Tier, wohl ein Wolf, wie ich meine, für allerhand Aufsehen gesorgt hatte, Sie wissen, unsere Pferde wittern das Untier auch durch die Bretter hindurch. Sie konnten erst beruhigt werden, als Herzog von Greff in der Nacht mit einem Gewehr bewaffnet in die Wälder ging und einige Male in die Luft schoss, so dass der Wolf sich trollte. Im Pferdestall angekommen zog ich mich aus, was mich einiges an Überwindung kostete, da eine von Geburt an innewohnende Scham mir das Nacktsein zur Qual macht, doch blieb ich ja nicht lange nackt, da ich meinen Körper mit dem Dung der Pferde einzureiben begann, jenem Dung, den Stallknecht Hans in eine Ecke gekarrt hatte, vorgesehen für den Abtransport in den herrschaftlichen Garten. Ich steckte meine Hände in den Berg aus Mist, kletterte hinauf, sackte bis zu den Knien ein, rieb mir kräftig die Oberschenkel und den Bauch, setzte mich anschließend hinein, kippte hintüber, so dass auch mein Rücken, an den ich mit den Händen schlecht reichen konnte, über und über mit jenem braunen Brei bedeckt war, und mir am Schluss, ehe ich den Stall verließ, nur noch blieb, vor dem Haufen stehend den Kopf tief hineinzustecken, bis auch mein Gesicht seine vornehme Blässe verlor. Anschließend kniete ich nieder.

Ich gedachte Ihrer Worte, die Sie mir zuteil werden ließen, als sie mich am Abend vor Ihrem Verschwinden in Ihre Gemächer bestellten. Als hätten Sie gespürt, was am Morgen danach zu passieren die Schatten vorauswarf. Ich gedachte eines Wortes insbesonders, das mich mit einem nie geahnten Wohlbehagen erfüllte, es war das Wort Freundschaft, das Sie aussprachen, ganz leise nur, aber ich überhörte es nicht, und ich schäme mich nicht, Ihnen nunmehr mitzuteilen, dass ich ebenso fühle und mich bemüht habe, Ihnen in all den abgelebten Jahren niemals nur das Herz eines einfachen Dieners entgegenzubringen, sondern alles, was ich in Ihrem Auftrag verrichtete, so tat, als täte es ein Freund einem Freunde, ohne an Entlohnung oder Lob zu denken, mit reinem, unverstelltem Gemüte, bitte glauben Sie dies, verehrte Gräfin. Ich erinnerte mich also jenes Gespräches, hörte noch einmal Ihre Worte, wie Sie sagten, dass Sie weit mehr für mich empfänden als die Sorge für einen Diener, dass Sie in durchaus freundschaftlicher Verbundenheit mit mir stünden, durch die langen Jahre des Zusammenlebens meiner Seele nahe. Diese Erinnerung an Ihre Worte ließ mich aufspringen und zum See laufen, so, wie Sie es mir beschrieben haben, ich lief also nackt und braun bekleidet zum See hinunter, zu Ihrem viel geliebten See, an dem Sie als Kind noch saßen und die Füße ins Wasser baumeln ließen. Beim Laufen erinnerte ich mich der Männer vom Vortag wieder, ich sah diese Hände, die Sie packten, am gestrigen Morgen, in der Früh, sah den Wagen und den Sohn und die Geräte und all das Zeug, das so schrecklich zu Ihnen passte, und lief weiter zum See. Verstehen Sie, gnädige Frau, dass ich auch gestern hatte laufen wollen, stand ich doch in der Hofeinfahrt und beobachtete das Geschehen, da ich nicht glauben konnte, was sich dort abspielte, aber auch mich hielt man fest, es war Edgar, der Koch, und Klaus und Hermann, sie hielten mich fest, ich aber verstand sie nicht, schaute sie an und sagte, sie sollten mich loslassen, mich zu Ihnen lassen, ich sagte, dass Ihnen doch jetzt jemand helfen müsse, man redete auf mich ein, ließ mich nicht los, und das wollte ich nicht begreifen und wurde wütend und wollte mich losreißen, doch Edgar versetzte mir einen fürchterlichen Hieb, und als ich zu mir kam, schilderte man mir, dass Sie bereits abgeholt worden seien, eingepackt, weggesteckt, fürchterliche Vokabularien tanzten da herum, und ich fasste mir an den Kopf.

Laufe zum See, Freundin, Ihr einzig noch Verbundener, erinnere mich dessen, was Sie mir auftrugen, führe das aus, was man Sie nicht ausführen ließ, Gräfin, laufe nackt zum See, denke noch so bei mir, dass es das erste Mal in meinem Leben ist, da ich nackt irgendwohin laufe, denn ich spüre deutlich, mögen Sie mir dieses Wort verzeihen, mein Geschlechtsteil zwischen den Schenkeln, und immer mehr Dung und Dreck trocknet, fällt ab beim Laufen, befreit. Ich laufe, sehen Sie, wie Sie gelaufen wären, hätte man Sie nicht abgeholt, am gestrigen Morgen, und hätte nur Ihr Sohn nicht sein fortwerfendes und aufräumendes Regiment begonnen, zu ändern all das, was in schönster Ordnung unser beider Leben lang ungebrochen vor uns sich aufgebaut hat, nun aber laufe ich mit wilden Zügen, Sie glauben nicht, wie schnell ich laufe und diesen letzten Befehl auszuführen gedenke und hinein ins Wasser springe.

Ich teile Ihnen nur noch mit, verehrte Gräfin, dass Sie eines nicht bedachten, als Sie mir auftrugen, Ihren Anweisungen Schritt für Schritt Folge zu leisten, dass nämlich, ich bitte ergeben, dieses Versagen zu entschuldigen, ich nicht fähig bin, es nicht erlernt, in meiner Jugend nicht die Mutter und Ausbildung und Zeit zur Verfügung gestanden haben, sich also keinerlei Gelegenheiten auch im späteren Vollzuge des Lebens ergaben, die Kunstfertigkeit zu lernen, die man gemeinhin Schwimmen nennt. Und so schreibe ich Ihnen auch jetzt vom Grunde jenes kleinen Sees aus, formuliere das, was in mir steckte, ehe ich diesen See und Tod betrat, was also mit jeder Blase meiner (sich wie ein frisch gereinigtes Goldfischglas füllenden) Lungen aufsteigt zur Oberfläche, ich diktiere es jenem von Ihnen geliebten Fisch, der mich nun mit gesund und munter auf- und zuklappenden Kiemen umschwimmt, verstehen Sie, liebe Gräfin, es muss wohl Ihr Sohn gewesen sein, in seinem fortwerfenden und aufräumenden Regiment, welcher auch ihn fortwarf, Gräfin, Ihren Fisch, Gräfin, in den See.

# Schlusslichter

Aussteigen aus dem Zug heißt Schritte machen über Gittertritte hinab, auftreten auf den Asphalt, die Augen nach vorn gerichtet, den Leuten entgegen, die strömen, in die Richtung, in die ich gehe, und in die Richtung, aus der ich komme, und um mich liegt ausgebreitetes Dunkel. Ich kann nicht sagen, was passieren wird, weiß noch nicht mal, ob sie da ist, heut, weiß nichts, nähere mich mit dem Dunkel im Gleichschritt, und erst auf der Rolltreppe stehe ich still und drehe mich um.

Ich sehe zwei Menschen, die sich im Arm halten. Sie stehen auf dem Bahnsteig. Die Frau hat die Augen geschlossen. Vom Mann sehe ich Hinterhaare. Lang anhaltendes Aneinanderpressen von Brüsten, Finger klammern sich an Mäntelrücken, ehe Körper sich lösen, Hände ineinander greifen, Taschen vom Boden genommen und fortgetragen werden, in der Straßenbahn schieben sich erste Sätze aus Mündern, der Ausstieg, der Weg zur Wohnung, die Treppen hinauf, das

Entkleiden und Sichnähern, Körper, die Geräusche von sich geben, der Gang ins Bad, Schlaf.

Ich stolpere, falle nicht, oben. Die Straßenbahn ist gerade abgefahren. Der Weg die Brücke hinab ist nicht weit. Ich lege ihn zu Fuß zurück. Ich habe nur meinen Rucksack dabei. Er ist leicht. Ich kann nicht lange bleiben. Wenn ich überhaupt bleiben kann. Meine Schritte höre ich kaum. Die Brücke liegt ungeschützt da, eine freie, weite Bahn für das stete Anrollen des Windes. Er trifft mich von der Seite. Ich halte meine Hand vors Ohr, damit er mir nicht kalt hineinfasst. Ein Baum steht unten im Park, nur noch wenige rostige Blätter halten sich. Schnee legt sich auf harte Äste. Eine Krähe kommt und säbelt sich durchs Gefieder. Die Sonne lässt den Schnee aufblinken. Dann gluckst es. Junge Triebe zeigen sich, Vögel sitzen zwischen dem Grün, singen, ein Eichhorn klaut Nüsse.

Die Bibliothekarin, die mir entgegenkommt, ist Anfang fünfzig. Ihre Wangen sind von einer Schicht Puder bedeckt. Sie nimmt einen Wattebausch, tupft sich durchs Gesicht, setzt sich aufs Bett und streicht das Kissen glatt. Sie löscht das Licht. Am Morgen entzündet sie es. Sie löscht es, wenn sie das Haus verlässt und zur Arbeit geht. Am Abend entzündet sie es, wenn sie wiederkommt und ihren Mantel auszieht. In ihr Gesicht nisten sich Falten. Ihre Haut wird dünner. Wenn sie aus dem Bett steigt, spürt sie den Rücken. Das Licht bleibt morgens länger brennen, wenn ihre Haare grau sind und sie nicht mehr in die Bibliothek geht. Dann sitzt sie am Kaffeetisch und liest Zeitung.

Bei der Ampel am Fuß der Brücke warte ich, obwohl kein Auto kommt. Ich stehe neben großen Kneipenfenstern. Eine Bedienung beugt sich zu einem Gast hinab, der neu gekommen ist. Der Gast zeigt in die Karte. Die Bedienung geht hinter den Tresen, füllt ein Glas, trägt das Glas an den Tisch. Der Gast sagt etwas. Die Bedienung nickt. Der Gast nimmt kurz den scharfen Rand des Glases zwischen die Lippen. Er kippt das Glas eine Wenigkeit. Die Ampel springt um. Das merke ich, weil neben mir jemand losgeht.

Ich stehe vor der Haustür. Ich muss nun meinen Zeigefinger auf den Knopf drücken, neben dem ihr Name steht. Mein Finger schwebt vor dem Knopf in der Luft. Ich sehe andere Finger, die auf den Knopf drücken, knochige Finger, fleischige Finger, dünne Finger, kurze Finger, die Finger ihrer besten Freundin, die Finger des Postboten, der ein Einschreiben hat, die Finger des Vermieters, die Vertreterfinger, die Finger der

Menschen, die nach Paula hier wohnen werden. Vorerst mein eigener Finger und das leichte Nachgeben des weißen Knopfes, das Klingeln wissen, aber nicht hören, den Finger zurücknehmen, in das Schweigen aus dem schwarzbegatterten Kasten horchen. Kein Knacken, keine verzerrte Stimme, es ist nach elf, sie wird in der Kneipe sein, reden, trinken, Zeit schlucken.

Ich setze mich auf meinen Rucksack und warte.

Du? fragt sie. Du bist verrückt, sagt sie. Ich bin verrückt, bin fünf Stunden hierhergefahren, habe alles auf eine Karte gesetzt und gewonnen, wie es scheint, denn wir stehen nun im Licht des Hausaufganges, und sie hält mich fest. Mir ist kalt. Meine Nase läuft. Ich müsste sie putzen. Ich kann es nicht in ihrem Arm. Durchsichtige Nasenflüssigkeit rinnt zu den Lippen. Ich fange sie mit der Zunge auf, damit sie ihr nicht auf die Schultern tropft. Ich höre, wie sie atmet. Ich nehme meinen Kopf zurück, wische mir mit dem Handrücken den silbernen Nasenschleim vom Mund und schaue sie an. Ich puste ihr, wie so oft, auf die Wange. Das bringt sie zum Lachen. Wie leichter Staub weht die Stelle Haut fort, auf die ich gepustet habe, löst sich auf, ich puste kräftiger, in fasriges Fleisch, die Wange verschwindet, graue Knochen zeigen sich, ihre Augen kippen weg, kullern von innen das Gesicht hinab, ich greife nach ihnen, meine Finger bohren sich durch leere Wangenknochen, und ich halte den Schädel in Händen, doch er zerknackt und schießt sein bleiches Pulver in die Luft.

## Sieben Arten, dem Tod zu begegnen

Der Erste kroch, krabbelte nicht, kroch, aus einer Ritze, einem Spalt im Parkett. Er war nicht groß, war klein, ich dachte jung, nicht alt, und erschrak gleichwohl. Es war schwarz, das Tier, und braun und kroch langsam, es schleppte seinen Bauch über den Boden und zog sein Hinterteil nach. Ich trat mit dem Fuß drauf, kräftig, hörte kein Geräusch, kein Knacken, hob den Fuß, sah es zappeln, stemmte nochmals meinen Absatz auf das Tier, und dann war Ruhe. Tempotaschentuch und verzogene Mundwinkel, Toilettenspülung und Seife, Kaffee und Fingerreiben. Den Nächsten sah ich mir genauer an, zwei Tage später, beim Blumengießen, auf der Fensterbank. Er war langsam und hatte eine braungraue Binde auf der Flügeldecke mit sechs kleinen schwarzen Punkten, auf jeder Seite drei. Ich schlug mit einer Zeitung zu, mehrmals, schlug ihn tot und sah klebrigen Brei, ich säuberte die Fensterbank. Putzmittel aus Sprühpistole, Kadaverentfernung, Zeitungsentsorgung.

Die alte Frau im Treppenhaus fasst meinen Arm,
sagt junge Frau, sagt warten Sie, fragt geht es
gut? Sie bekreuzigt sich beinah, ihr Mund ist ohne
Zahn, so scheint es. Ich sage ja, ich sage danke, sie
fragt, und mit der Wohnung? Ihre Augen werden
größer, wandern Richtung Tür, Richtung Wohnungstür. Und mit der Wohnung? Ich folge ihrem
Blick und sage danke, alles in Ordnung. Sie flüstert nun, fragt, wissen Sie es überhaupt, ihr Finger holt mich näher heran, ihr Gesicht, ihr Geruch, wissen Sie es überhaupt, hat man es Ihnen
gesagt, sind Sie informiert? Ich sage nein, worü-
ber, ich weiß nicht, was Sie meinen. Ich bin unge-
duldig, meine Tasche hängt schwer im Arm. Die
Alte weicht einen Schritt zurück, stützt sich ab,
lehnt sich an den eckigen Treppenpfosten, es ist,
als ducke sie sich hinter ihn, ihr Haar ist grau zu
einem Dutt gesteckt, sie atmet ein, atmet aus,
sagt Gott hab sie selig. Ich weiß nicht, wovon sie
spricht. Frau Mall, sagt sie, sie ist tot. Ihr Blick
bleibt auf meiner Wohnungstür. Sie hat dort gewohnt, sagt sie, *vor Ihnen.* Sie knurrt, es ist ein
Lachen, es soll ein Lachen sein. Man hat sie gefunden, sagt sie, sie war sehr alt, sie hat dort gelegen, in Ihrer Wohnung, wie lange, kann niemand
sagen, man sagt, zwei Wochen, sagt man. Ich
zucke zusammen, ich sage nichts, ich denk an die

Käfer, denk sofort an die Käfer, ich sage nichts, dreh mich um und geh in die Wohnung, schließ die Tür, steh im Flur, mit dem Rücken zur Tür, atme ein, atme aus. Fliehen? Die Tür öffnen? Die Treppen hinunter? An der Alten vorbei? Die Haustür schlagen und laufen? Ich bleibe. Bilder, nachts, Leichenkäfer, schwarze Krabbler, Furchen im Körper der Alten, Fühler aus Nabelloch, schmatzendes Knacken.

Als ich den nächsten Käfer sehe, rüste ich mich für den Feldzug. Überall verstreue ich Pulver, Kügelchen, Sprühzeug, Gift. Sie wollen leben, die Käfer, und fliehen in die Mitte des Zimmers. Sie kommen aus den Ecken, sie kriechen langsam, ich schlage um mich, ich töte sie. Es sind viele, ich zähle ihre Leichen. Trotz zweier käferfreier Tage höre ich immer noch ein inneres Kriechen, ein unsichtbares Schleifen von Käferbauchspangen auf staubigem Boden, träume von der Alten im Treppenhaus, wo es dunkel ist und wo ein karges, knappes Licht schaukelt, sie ist unglaublich klein, die Alte, eine *humuncula*, nicht größer als ein Finger, sie hockt auf dem Treppenpfosten und lacht, ihr Mund steht offen, und ihr Haar ist von einem Kopftuch bedeckt, sie sitzt im Schneidersitz und drückt sich die Daumen in die Beine, dann wird sie still und sagt, die Käfer haben ihr die Eier unter die Augenlider geschoben, die Larven haben ihr die Augen zerbissen und sind in ihren Schädel gekrochen, sie haben aus ihrem Gehirn getrunken und Puppennester in die Ohrmuschel gebaut, sie flüstert und steht auf, in der Hand hat sie einen winzigen Wischmopp, grau, auf den sie sich stützt, sei auf der Hut, flüstert sie, sie kommen nachts und kriechen dir unter die Fußnägel, sei vorsichtig, sie liegen schon im Bett und knabbern an deinen Stofftieren, dann springt sie den Pfosten hinunter, der Wischmopp wirbelt wie ein Spielzeugpropeller über ihrem Kopf, und sie knallt hart knackend zu Boden.

Ich lese den Käferführer in der Badewanne. Vertrautheit mit dem Feind. Das Wasser warm, die Fotografien der Käfer, Hautschauer. Es sind keine Totenkäfer. Auch keine Totengräber. Es sind Speckkäfer. Ihre Larven gehen an Kadaver. Sie werden zum Skelettieren eingesetzt. Wirf ein Tierskelett in ein Becken mit Speckkäferlarven, und schon bald blinken die Knochen. Ihre Füße heißen Tarsen, ihre Hüften Coxen. Und dann sehe ich einen Schatten im Augenwinkel, am Badewannenrand, etwas Schwarzes. Mein Buch fällt aus der Hand. Ich will hochspringen und rutsche aus, stütze mich ab und berühre das schwarze Tier, das dort hockt, es fällt ins Wasser, zappelt. Es schwimmt dicht über meinen Brüsten. Ich rühre mich nicht. Es ist eine Spinne. Nicht allzu groß. Nur eine Spinne. Ich rette sie nicht, ihr Zappeln erlahmt. Spinnen können eine lange Zeit unter Wasser überleben, hab ich gelesen. Ich fische den Käferführer aus der Wanne und werfe ihn auf den Badezimmerboden. Er glitscht, nass, bis an die Tür. Ich sehe, wie ein Speckkäfer durch den Türritz ins Badezimmer krabbelt.

Ihn fangen, ihn in ein Glas sperren, ihn beobachten. Mit den Bildern aus dem Käferführer vergleichen. Ihn langsam ersticken lassen. Nein. Löcher in den Deckel bohren. Ihn atmen lassen. Ihn füttern. Rauchfleisch aus dem Kühlschrank in das Glas fallen lassen. Sehen, wie der Käfer nichts anrührt. Im Käferführer lesen, dass die Käfer selbst nicht an tierische Fette gehen. Die Käfer nicht. Nur die Larven. Eine Blüte ins Glas werfen, mehrere Blüten. Hoffen, dass der Käfer überlebt. Ihm einen Namen geben. Eine Beziehung zu ihm aufbauen. Aufwachen und feststellen, dass der Käfer neben seinem ausgehauchten Leben liegt. Die Tarsen in die Luft gestreckt. Grauer Todestropfen an der Afterspange.

Ich warte auf weitere Käfer. Ich versuche die Käfer aus ihren Verstecken zu locken. Kommt, Käfer, sage ich, worauf wartet ihr, Käfer, sage ich, ich weiß, dass ihr noch da seid, ich weiß, dass das Gift euch nicht getötet hat, kommt heraus, Käfer, sage ich, zeigt euch. Denn wenn ich den nächsten Käfer sehe, werde ich ihn fangen und verspeisen. Ich werde mir eine zweite Pinzette kaufen und mich an die Arbeit machen. Mit der einen Pinzette werde ich den Käferunterleib halten, mit der anderen den Oberleib. Ich werde in einer leicht drehenden Bewegung den Unterleib vom Oberleib trennen. Die Käfernerven werden dafür sorgen, dass die Tarsen noch eine Weile zappeln. Ich werde mir zunächst den Unterleib in den Mund schieben. Ich werde wie ein vertrautes Kitzeln die letzten Zuckungen der Beinchen auf meiner Lippe und dann auf meiner Zunge spüren. Ich werde die auslaufende Körperflüssigkeit auf meiner Zunge zergehen lassen und hinunterschlucken. Ich werde all dies tun, als genösse ich eine köstlich zubereitete Muschel. Dann werde ich die Flügeldecke mit den oberen und den Hinterbauch mit den unteren Schneidezähnen zerknacken lassen. Bevor dasselbe mit dem Käferoberkörper geschieht, werde ich seine Fühler mit den Lippen berühren, sacht.

Ich würde, nach verrichteter Tortur, stundenlang im Badezimmer über der Kloschüssel hängen und versuchen, das Geschluckte wieder aus meinem Körper zu spucken. Ich würde den Mund ausspülen und spucken, mir abwechselnd den Finger in den Hals stecken, mir die Würgetränen von der Wange wischen und das Gesicht waschen und wieder spülen und spucken. Erst wenn all dies vollbracht ist, wäre ich imstande, mit den Käfern zu leben. Ich würde mit ihnen ins Bett gehen, ihnen eine gute Nacht wünschen, es würde mich nicht stören, wenn sie nachts ihren staubigen Körper über meine Wangen schleiften, es würde mich nicht stören, wenn sie ihre Eier in meinen ausgestopften Bussard legten, der auf dem Wohnzimmerschränkchen neben dem Fernseher steht. Ich würde ihnen, wenn ich aufwache, einen guten Morgen wünschen, ich würde belustigt zusehen, wie sich die letzten braunschwarzen Krabbler von ihren Nachtspielen in die Ritzen zurückzögen, ich würde ihnen Blumen kaufen und neben den Bussard Rauchfleisch und alten Schinken legen, damit die Larven fett und lang und rundgenährt über die Anrichte kriechen könnten.

Damals, ich erinnere mich genau, war der letzte Käfer nicht aus dem Parkett, sondern aus der Schublade meines Schreibtisches gekrochen. Er war größer gewesen als die anderen. Er hatte seinen Hinterleib über meine Schreibunterlage geschleift. Ich hatte ihn lange angeschaut. Er hatte seinen Kopfschild in meine Richtung gedreht. Seine Fühler hatten sich kurz bewegt. Ich hatte gesehen, wie er mit den Unterlippentastern die Unterkiefertaster putzte. Oder umgekehrt.

Weshalb ich den Hörer abnahm und meinem Vermieter kündigte? Vielleicht nur, weil ich vergessen hatte, eine zweite Pinzette zu kaufen.

# Hinweise für den, der nicht weiß,
## wer er ist

*7. Juli*

Ich bin heute Morgen aufgewacht mit dem Gefühl, als hätte ich etwas vergessen. Nach dem Frühstück setzte ich mich ins Wohnzimmer. Ich habe nicht gewusst, was ich tun sollte, und bin einfach ruhig dagesessen und habe nichts getan. Bis das Telefon läutete. Am Apparat war ein Mann, der sich selbst Carlsson und mich Mr. Bough nannte. Er fragte mich, wo ich bliebe. Ich fragte zurück, wie er das meine. Statt zu antworten, nannte er die Uhrzeit: acht Uhr fünfundvierzig. Mehr sagte er nicht. Ich entgegnete ihm, dass ich nicht verstehe, was er von mir wolle. Daraufhin veränderte sich seine Tonlage, und er sagte, dass darüber noch zu sprechen sei. Dann hängte er ein. Etwas später ging wieder das Telefon, diesmal war es eine jüngere Männerstimme, die mich Clerence nannte und fragte, was mit mir los sei. Ich blieb höflich und zurückhaltend und fragte den Mann, wovon genau er spreche. Der Mann am anderen Ende entgegnete mir, er sei nicht zu Späßen aufgelegt, die Sache sei ernst, und wenn mir etwas an meinem Job läge, solle ich machen, dass ich in die Gänge käme. Auch er hängte ein. Dann ging ich ins Arbeitszimmer und öffnete ein frisches Notizbuch, vollkommen leer, weil ich dachte, dass es nützlich sein könnte, fest-zuhalten, was geschieht.

Ich habe einen Spaziergang gemacht und etwas gegessen. Ich habe gedacht, dass ich mich viel-leicht an die Umgebung, an Straßen oder Läden erinnern würde. Und tatsächlich: Ich kannte mich aus, gut sogar, ich erkannte die Winford Road, die kleinen Palmen, die in Kübeln am Straßenrand standen, ich erkannte das Dennis Restaurant und den Briefkasten an der Ecke. Dann aber hat mich jemand gegrüßt, er hat im Vorbeijoggen die Hand gehoben und meinen Namen genannt, ich habe genickt und zurückgewunken. Aber ich habe ihn nicht erkannt. Ich habe nicht den blassesten Schimmer, welche Menschen mich kennen und welche diejenigen sind, die ich kennen sollte.

*8. Juli*

Groß war die Bestürzung, als ich soeben den gestrigen Eintrag las, ohne den ich gar nicht wüsste, was gestern geschehen ist, denn heute ist mir Ähnliches widerfahren. Wieder erwachte ich mit einem merkwürdigen Gefühl und wusste nach dem Frühstück nicht, was ich tun sollte, so dass ich auf dem Stuhl im Wohnzimmer saß. Bis zum Schellen des Telefons. Der Mann, von dem ich nun, nach dem Lesen des gestrigen Eintrags, weiß, dass er gestern schon einmal angerufen hat, meldete sich, sagte, ich könne mir *noch einen* unentschuldigten Tag nicht erlauben. Da ich zum Zeitpunkt des Telefonanrufs nicht wusste, dass ich bereits gestern mit ihm gesprochen hatte, erschien mir sein Anruf auf offene Weise unverschämt, und ich legte auf.

Nach dem, was ich soeben gelesen habe, wird mir klar, dass sich in meinem Leben etwas zu tun beginnt. Ich kenne die Gegend draußen, ich kann lesen, schreiben, ich finde mich in dem Haus, in dem ich lebe, gut zurecht. Aber ich kenne die Menschen nicht mehr, die in meinem Adressbuch stehen. Wer sind sie? Und ich weiß nichts über meinen Beruf. Ich habe mir die Bücher in der Wohnung angeschaut, es sind, wie es aussieht, juristische Bücher: Bin ich Anwalt? Ich habe versucht, einen Fall, den ich in einem Übungsbuch fand, zu lösen. Ich konnte es nicht. Ich mache Tabellen, links steht das, woran ich mich erinnere, rechts das, wozu mir der Bezug fehlt. Die rechte Spalte kann ich füllen, weil ich stundenlang in meinen Unterlagen wühle, Adressbuch, Briefe, Zettel, kleine Notizen. Vielleicht ist es so, dass mir alles Alltägliche, alles Banale, alles Unwichtige noch gewärtig ist, während ich alles Wichtige, alles, das mich und meine Existenz bis zum gestrigen Morgen ausmachte, verloren habe. Ist es das? Ich weiß es nicht. Vielleicht, denke ich, geht es nicht darum, herauszufinden, was war, sondern darum, herauszufinden, was wird.

Es gibt im Adressbuch Telefonnummern, die ich anrufen könnte. Aber was soll ich den Menschen, die mich kennen (ich sie aber nicht) sagen? Wie soll ich ihnen begegnen? Soll ich sagen: Erzähl mir noch mal, wie wir uns kennen gelernt haben? Wie nahe stehen wir uns? Welche Gefühle erwartest du, soll ich für dich hegen? Nein, ich habe beschlossen, mich nicht zu melden bei den Menschen in meinem Adressbuch. Ich habe die tiefe, unaussprechliche Gewissheit: Das, was ich gerade durchmache, hat nur mit mir zu tun, ist ausschließlich für mich bestimmt, ist eine eigenste, eine ureigenste Erfahrung, die, teilte ich sie mit irgendjemandem, ihre Bedeutung verlieren würde.

Ich frage mich, ob ich morgen früh, wenn ich erwache, wieder bei Null anfangen muss, ob ich wieder, wie jetzt schon zweimal geschehen, alles vergessen habe, also auch die Gedanken, die ich mir mache, heute, und deshalb schreibe ich schnell, schreibe ich *mehr* als gestern noch, damit ich, wenn ich morgen erwache und nichts mehr von dem, was geschah, wissen sollte, rasch auf dem Laufenden bin und dort weiterdenken kann, wo ich heute zu denken aufhören werde. Und so habe ich auf einen separaten Zettel meine *Hinweise für den, der nicht weiß, wer er ist* geschrieben und neben das Bett gelegt. Sie lauten:

Solltest du gerade erwacht sein und nicht wissen, wer du bist, so sei dir gesagt: Es geschah schon zweimal. Du hast alles vergessen, so scheint es, was dir wichtig war im Leben. Du hast nicht dein Gedächtnis verloren, sondern so etwas wie das Gefühl für deine Existenz. Beachte: Man wird versuchen, dich zur Arbeit zu holen, vielleicht wird dein Chef anrufen, vielleicht dein Kollege. Gehe nicht auf ihre Anrufe ein. Du hast begonnen ein Tagebuch zu schreiben. Lies es beim Frühstück. So wirst du wissen, was du gestern wusstest, und nicht wieder von vorn beginnen müssen.

*9. Juli*

Ich habe soeben die *Hinweise für den, der nicht weiß, wer er ist* gelesen, und es war gut, dass ich sie gestern geschrieben habe. Denn wieder war es so, als hätte die Nacht all das weggewischt, was ich gestern als Existenzgefühl bezeichnet habe.

Nach dem Frühstück brach eine Art Angst aus. Ich stellte mir vor, was mich erwartet, wenn das, was, wie ich lesen kann, vor zwei Tagen begonnen hat, andauert. Wenn ich in Zukunft jeden Morgen vergessen haben werde, wer ich bin, und wenn ich alles, was tags zuvor geschehen ist, durch das Lesen meiner Hinweise wieder neu erlernen muss. Es gäbe dann nichts mehr, woran ich mich festhalten, klammern, sagen wir aufrichten könnte. Keinerlei Beziehung, kein länger währender menschlicher Austausch, keine Zeit überdauernde Nähe. Und so riss ich, als am Nachmittag das Telefon schellte, den Hörer ans Ohr, wollte zwar, konnte aber nichts sagen. Es war eine mir unbekannte Stimme, eine der Stimmen, die, wie ich mir denken kann, zu den Namen in meinem Adressbuch gehören. Ich sagte kein Wort, stand nur da, den Hörer am Mund. Klar, da war dieser Drang, alles zu erzählen, demjenigen, der mich anrief, der etwas von mir wollte, der *mich* wollte, mich sehen wollte womöglich, treffen, ich hätte ihm gern alles berichtet, gleichzeitig schreckte ich davor zurück, aus Angst, einen Fehler zu begehen. Meine Freunde würden befremdet sein und mir nicht glauben oder aber, wenn sie mir glaubten, mich zu einem Arzt schicken. Nein, dachte ich, das alles führt weg von dem, was eigentlich zu tun ist.

Als aber später noch einmal das Telefon ging, wurde mir klar, dass ich mich irgendwann mit den Adressbuchnamen auseinander setzen musste. So hob ich den Hörer ab, meldete mich, merkte mir zu Beginn den Namen, den der Anrufer für sich selbst benutzte, hörte mir abwartend an, was er sagte, und teilte ihm schließlich mit, dass ich es für ratsam erachte, die Freundschaft (nein, ich sagte: soll ich es Freundschaft nennen?) zu beenden, da ich plane, in naher Zukunft das Land zu verlassen. Der Anrufer trug die Nachricht mit Fassung. Viel, scheint mir, kann ihm nicht an dem Mann, der nicht weiß, wer er ist, gelegen haben. Ich strich seinen Namen aus dem Adressbuch.

### 9. August

Ein Monat ist seit meinem letzten Eintrag vergangen. Ich bin ruhiger geworden. Ich habe aufgehört, in mein Notizbuch zu schreiben. Nur noch die Hinweise schrieb ich. Jeden Abend neu. Stichworte, ein kurzer Abriss dessen, was geschehen ist. Ich entnehme ihnen, dass sich ein gewisser Ablauf der Dinge eingespielt hat. Ich stehe morgens auf, lese meine Hinweise, frühstücke, setze mich ins Wohnzimmer und schaue der Uhr zu, die an der Wand hängt. Das beruhigt mich ungemein. Diese Regelmäßigkeit, dieses Überschüttetwerden mit tickender Exaktheit, dieses stetige Sichwiederholen. Mittags gehe ich essen, danach spazieren. Weiterhin entnehme ich den Hinweisen, dass ich ein Kündigungsschreiben meiner Kanzlei erhalten habe. Dass ich pünktlich und gewissenhaft drei Rechnungen bezahlt habe. Dass ich meine Adressbuchnamen inzwischen alle durchgestrichen und das Buch fortgeworfen habe. Dass seit einer Woche niemand mehr angerufen hat.

Meine Spaziergänge am Mittag führten mich täglich zu den Schafen jenseits des Flusses. Ich setzte mich zu ihnen. Ich habe zu Beginn (Anweisung vom 10. Juli) den Hirten um Erlaubnis gefragt. Ich hockte mich täglich ins Gras, anfangs in einiger Entfernung, dann aber, Tag für Tag, immer näher zu den Tieren hin. Und auch die Tiere (Anweisung vom 24. Juli) rückten näher, störten sich immer weniger an meiner Anwesenheit, lernten, mit mir und meinem menschlichen Körper zu leben. Es sind ihre Gedanken, die mich ihre Nähe suchen lassen. Es sind Gedanken, die fehlen, könnte man sagen, Ungedanken, Nichtgedanken. Ich lausche dem leisen Grasschmatzen, und während sie so schmatzen, ich weiß es, denken sie nichts, und weil sie nichts denken, erinnern sie sich an nichts und haben im Moment des Schmatzens schon das Schmatzen vor einer Sekunde vergessen, das ist es, was ich versuche, mit ihnen zu teilen, von ihnen zu lernen? Still dort zu sitzen, den Wind über den Körper wehen zu lassen, zu fressen, nicht zu denken, die Augen zu schließen, sie zu öffnen, sie zu schließen, zu brüllen, ab und zu, ohne Grund, und dieses Brüllen vergessen, kaum dass es im Wind steht und zu den anderen Schafen hinüberweht.

Heute aber bin ich, während ich so mit den Schafen saß, plötzlich zu mir gekommen, aufgeschreckt kann man sagen, ich habe nicht mehr gewusst, wo ich bin und was ich dort mache, ich habe erstmals, anders als in den Wochen zuvor, *bei Tage* vergessen, wer ich bin. Ich habe dies jedoch vorausgesehen und mir vor jedem Spaziergang meine Hinweise in die Tasche gesteckt, und als ich so plötzlich aus der Herde erwachte, mich als Mensch inmitten der Schafe fand und nach irgendeinem Merkmal meiner selbst suchte, in meinen Kleidern, da entdeckte ich die Hinweise und las sie.

So weiß ich nun endlich, was zu tun ist.

Ich weiß nun, dass es nur noch einen einzigen

Halt gibt, der mich von der Vollkommenheit des Vergessens abhält: die Hinweise. Ich werde mich von ihnen trennen. Ich werde sie morgen Nachmittag auf meinem Spaziergang fortwerfen und bei den Schafen bleiben.

# Drei lange Weilen

Ich geh dann zum Bahnhof.

Am Bahnhof stehe ich mit den Menschen, die dort stehen, stehe neben ihnen, tue so, als täte ich das, was sie tun, den Zügen entgegenharren. Zwischen sie stelle ich mich und wittere ihnen nach, wittere dem, was sie ausströmen, nach. Sie treten von einem Fuß auf den anderen, sagt man. Sie schlagen sich die Kälte, wenn es kalt ist, aus den Armen, sagt man. Sie spucken zwischen die Schienen. Sie beobachten die Bahnmäuse im Dämmerlicht. Sie hängen ihren Gedanken nach, sagt man, hangeln sich von einem Gedanken zum nächsten, meist vorwärts gerichtet, auf das, was noch kommt, auf den Zug zum Beispiel und mit dem Zug auf die Fahrt und die Ortsveränderung und die Ankunft und die Begegnungen, die auf die Ankunft folgen und ihr Leben verrücken.

Klickernd fächern sich Anzeigenblättchen, zeigen auf 30 Minuten Verspätung. Ich stöhne mit den Menschen, die dort stöhnen, schüttle mit ihnen den Kopf, trete Zigaretten aus, fahre mit einigen die Rolltreppe hinab, in den Laden, in dem es Bücher zu kaufen gibt, Zeitungen, Zeitschriften, Kaugummis. Ich stelle mich neben die Menschen. Ich werfe mit ihnen meine Blicke auf das, was in den Auslagen liegt. Ich greife mit ihnen zu Zeitschriften, die Zerstreuung versprechen. Ich greife nach Heften, die von ihnen zurückgestellt wurden. Ihre Abdrücke, unsichtbar, an den Umschlagseiten.

Ich drehe mein linkes Handgelenk und lasse meine Uhr ein wenig nach vorn rutschen. Ich gehe mit ihnen hinaus, ohne etwas zu kaufen, folge ihnen, die Rolltreppe hinauf, trete zu den anderen, die draußen, im Kalten, gewartet haben. Sie stehen noch. Zum Sitzen sind die blaubegitterten Sitze zu kalt. Wieder schiebe ich mich zwischen sie. Wieder folge ich ihren ausweichenden Augen in die Richtung, in die sie ausweichen, hinab zu den Gleisen oder hinauf zur Anzeige oder zum Bahnhofsdach, wo Tauben sitzen. Ich schlendere mit ihnen zwei Schritte nach links und zwei nach rechts. Ich huste mit ihnen. Ich lese die Schrift der Anzeige, die sagt, wie lange noch.

Wenn der Zug einfährt, nehmen sie die Taschen. Die Ankommenden steigen aus, dann strömt man hinein. Ich nicht. Ich bleibe draußen. Stehe dort, nach wie vor auf dem Bahnsteig, lasse die ande-

ren hinein, in den Zug, lasse den Zug abfahren,
schaue ihm nach, spucke zwischen die Schienen
und schlage den Kragen hoch.

Ich geh dann in die Kneipe.

Als ich eintrete, höre ich Stimmen. Die Stimmen kommen aus Menschen, die an Tischen sitzen
und miteinander reden. Die Stimmen verbinden
sich zu einem einzigen, leichthin strömenden,
sich selbst wiederkäuenden Fluss. Ich setze mich
an einen Tisch, an dem noch niemand sitzt, lege
meine Jacke auf den Stuhl mir gegenüber, meine
Handschuhe auf einen weiteren, meine Mütze
auf einen vierten.

Ich sitze nun dort und höre mir an, was man um
mich her spricht. Ich höre nicht auf die Worte, nur
auf den Klang der Worte. Ich verstehe nicht, was
der eine zum anderen sagt, ich verstehe nur, wie er
es sagt. Hier ruft jemand und lacht, dort flüstert
jemand, hier stößt einer dem andern den Ellbogen
hart in die Seite, dort hebt einer den Arm.

Es kommen drei Menschen. Sie setzen sich zu
mir. Sie entwaffnen die Stühle. Wie selbstverständlich. Sie haben Namen, die ich kenne. Sie
beginnen miteinander und mit mir zu reden. Aus
ihren Mündern lösen sich erst kleine Brocken,
dann immer größere, lärmendere, erst Kieselchen,

dann Steine, Schutt, Geröll: staubend auf den Tisch. Auch ich spucke mit. Das sorgt für Schwingungen in der Luft. Das sorgt für Töne. Das sorgt für Geräusche, die über uns einbrechen. Das wird lauter. Flakgeschütz Gelächter.

Und über allem schwebe ich. An ein Seil gebunden. Das Seil in den Rücken gebohrt. Das andere Ende in die Decke gepflockt. Hänge ich. Deckenlampenleicht. Über allem Staub und Krach. Sehe ich mich. Wie ich dort sitze. Mit den anderen sitze. Und staube. Auch aus dem Mund staube. Und mit den anderen für Geräusche sorge. Sehe ich mich. Will mir in den Rücken greifen. Gelingt mir nicht.

Bis wir gehen. Dauert es noch. Bestellt einer eine neue Runde. Gehe ich drauf ein und trinke mit. Staubt es immer dichter um uns. Bis die Augen tränen. Sich zusammenkneifen. Bis wir die Augen aus den Höhlen nehmen. Uns in den Mund schieben, den Dreck von den Pupillen lecken, sie wieder zurückstecken in die Höhlen, die leer gewartet haben.

Bis wir gehen. Dauert es noch. Und ich am Seil sehe mich und alle, die dort stauben und trinken und Geräusche erbrechen und am Ende mit frisch gereinigten Augen sich erheben, Reste in den Gläsern vergessen und gehen.

Ich geh dann nach Hause.

Dort wird es ernst. Still ist es. Musik anschalten nicht gestattet, spät schleift es über die Uhr. Meinen staubigen Mund spül ich aus. Spuck das Wasser ins Becken und bück mich. Am Boden liegt beiges Papier. Schieb den Wunsch mir ins Hirn, noch zu schauen: fern.

Doch schickt es mir Trägheit, schickt es mir Lähmung, schickt es mir Fall ins Inn're des Sessels. Bin ich dann ruhig. Wart auf das Kommende. Wart auf es. Kommt es auch langsam und aus mir und seh ich auch nicht, wie es kommt. Um mich die Luft mich wie Saiten bewegt. Töne zu hören.

Schlägt seine Stimmgabel, stimmt mich, stimmt mich tiefer, dreht die Schraube, zieht sie fester, presst mich, hält mich, straffer zieht's mich, strenger, enger, gerader zwingt's mich in den Sessel, sitz ich aufrecht und lausche. Und nichts lenkt ab. Die Saite scharf gespannt.

Gespielt wird. Dann. Ein Lied.

Und mit dem Lied. Werd ich erst. Fang ich an.

# Ritt durch den Baum

Er trug eine schiefe Mütze, die er nicht abnahm, die er auf dem Kopf trug, als wäre sie
an den Haaren festgeklebt, er trug Kleider, die
stanken, zerrissen und dreckig waren, er kniete
neben mir und blickte ab und zu in meine Richtung, ich versuchte ihn zu ignorieren, plötzlich
aber sah ich aus den Augenwinkeln, wie ihm ein
langer zäher gelber Speichelfaden aus dem Mund
troff, und ich versuchte das, was ich sah, zu ignorieren, konnte es aber nicht, sah den langen gelben zähen Speichelfaden, der sich zog und von
seinen Lippen löste, auf den Boden troff, ohne
Geräusch, ich dachte, er ist krank, er fällt gleich
um, er hat einen Anfall, doch seine Augen waren
klar, ich sagte kein Wort, die Messe ging den gewohnten Gang und endete. Am selben Abend
schlug ich meine Frau. Ich hatte sie nie zuvor geschlagen, ich schlug sie erstmals, kräftig, schlug
ihr mehrmals ins Gesicht, so dass sie blutete und
weinte und mich mit Augen ansah, die aussahen
wie das helle Entsetzen, sie telefonierte, und je-

mand, ich kann nicht sagen, wer, holte sie noch in derselben Nacht ab. Sie ließ mich zurück, im Haus hier, allein. Ich dachte, als ich meine Frau schlug, nicht an den Mann mit dem Speichel, ich hatte ihn bereits vergessen, es war nur meine Hand, die plötzlich unwiderstehlich mitten ins Gesicht meiner Frau fuhr. Den Mann selbst sah ich erst Wochen später wieder, als er in meinem Garten stand. Er schaute zum Baum hinauf, zum Nussbaum, am helllichten Tag. Ich öffnete das Fenster und rief, dass er verschwinden solle, aber er regte sich nicht, blieb still, schaute nur hinauf zum Baum. Ich schloss das Fenster und ging eine Weile im Zimmer auf und ab. Ich dachte, vielleicht verschwindet er ja von selbst, und trat, immer wenn meine Runde mich wieder neu ans Fenster führte, an dieses heran, schob die Gardinen ein wenig zur Seite und schaute hinaus. Der Mann stand da, fest, ein Pflock aus Fleisch, und schaute zum Nussbaum hoch.

Nach einigen Stunden rannte ich hinunter. Mensch, rief ich ihn an, was tust du hier? Kerl, rief ich, was machst du in meinem Garten? Er zeigte hinauf, ins Geäst. Da war die Katze des Nachbarn, die grau gestreifte, sie saß im Baum und auf ihrem Rücken ein Eichhörnchen. Die Tiere bewegten sich nicht, sie lebten nicht, sie waren, ich sah genau hin und kniff die Augen zusammen, um zu erkennen, was sie waren, sie waren ausgestopft. Mensch, Mann, sagte ich, stieß ihm in die Rippen, ihm, der dastand und starrte, hinaufsah, die ganze Zeit, Mensch, Mann, sagte ich, hast du so was schon mal gesehen? Da sah er mich an, und sein Gesicht war eckig, die Wangenknochen traten stark hervor, ansonsten war es ein grauer, fast dreckig grauer Bart, der seinen Mund einrahmte, mit Lippen wie Strichen, doch die Augen war'n so leicht, schien mir, so schwebehaft, sommerlich jung und sprühend, ich umfasste seine Schulter, als ich so mit ihm stand, und da sagte er: Natürlich, sagte er, ich habe sie dort hingestellt. Da lachte ich. Er hatte sie dort hingestellt und dann sich selbst, um ihnen zuzuschauen, wie sie reglos durch den Baum ritten. Ich zeigte auf die Tiere und sagte, wer hätte das gedacht, die ausgestopften Tiere, du selbst hast sie aufgestellt, als wären es Puppen und der Garten und der Baum das Puppenhaus und wir die Kinder, die mit ihnen spielen. Aber wir spielen doch gar nicht, sagte der Mann. Warum nicht, fragte ich. Wir schauen nur zu, sagte er, schauen zu, wie sie dort sitzen. Man könnte, sagte ich, sich vorstellen, wie sie reiten, wie sie durch die Bäume reiten, wäre das kein Spiel? Das, sagte er, wäre gewiss ein Spiel. Das

Eichhorn, sagte ich, würde die Katze nach links, nach rechts lenken, je nachdem, wo die Nüsse hängen, und während die Katze über die Äste reitet, pflückt das Eichhorn die Nüsse und steckt sie in die Satteltaschen. Und was, fragte der Mann, würde passieren, wenn es der Katze gelänge, den Reiter abzuwerfen? Nein, sagte ich, das Eichhorn ist ein geschickter Reiter, es lässt sich nicht abwerfen, und wenn doch, fängt es sein Pferd wieder ein. Er schwieg. Woher, fragte ich, hast du die beiden? Ich habe sie, sagte er, getötet. Das eine, sagte ich, hat das nicht vorher im Garten nebenan gelebt? Ja, sagte er, ich habe es ausgestopft. Und das Eichhörnchen, fragte ich, wie kommt es, dass du imstande bist, ein Eichhörnchen zu fangen, Eichhörnchen, sagte ich, sind doch schneller, als du es je sein kannst. Das Eichhorn kam zu mir, sagte er, weil ich es lockte mit einer Nuss. Du locktest es mit einer Nuss? Ich lockte es, sagte der Mann, und schlug es tot, als es sich meiner Hand näherte. Und dann bist du selber, fragte ich, hochgeklettert und hast sie dort hingestellt? Der Mann antwortete nicht. Ich roch an ihm, schnüffelte an seinem Mantel. Dann ging er. Ich sah nicht, wohin. Als ich wieder im Haus war, überfiel mich ein tiefes, klares Gefühl, ganz so, als ob ich plötzlich zu mir käme, ich schlug mir die Faust ans Herz, schrie mich selber an, rief Mensch, Mann, stürmte wieder hinaus in den Garten, wollte wissen, was sich da abgespielt hatte, draußen war es aber schon dunkel. Vom Mann keine Spur. Ich holte eine Taschenlampe und stellte mich dorthin, wo wir vorhin noch gestanden hatten, der Mann und ich, und leuchtete auf die Äste, die jetzt, in der Nacht, viel knöchriger wirkten als zuvor. Nichts war zu sehen, und ich kletterte auf den Nussbaum, um zu schauen, um zwischen die Blätter, hinter die Knorpelstücke der Äste zu schauen, ob sie sich nicht vielleicht versteckt hätten, die beiden, Ross und Reiter, nichts war da, niemand. Und zurück ins Haus ging ich, das heißt, nein, aufs Haus zu ging ich, als ich merkte, dass die Tür aufstand, ich hatte sie aufgelassen, ich hatte keinen Schlüssel mitgenommen, und ich dachte, wenn sich da mal niemand, während ich auf dem Baum herumkroch, Einlass verschafft hat, wenn sich da mal niemand, während ich nach den Tieren schaute, ins Haus geschlichen hat. Und wie ich so dachte, sah ich den Lichtkegel einer Taschenlampe hinter den Gardinen meines Fensters. Ich ging die Treppe hoch, betrat mein Zimmer und rief den Mann an. Was tust du? fragte ich ihn. Er stand am Fenster, an der Stelle, an der ich noch vor kurzer Zeit gestanden war, blickte hinaus, hinunter, blickte dorthin, wohin auch ich geblickt hatte. Ich trat neben ihn und schaute mit ihm hinab. Unten vor dem Baum standen ich und er, so, wie wir vorhin dort gestanden waren, ich neben ihm, den Arm um seine Schulter gelegt. Ausgestopft? fragte ich. Nein, sagte er, und ich kniff die Augen zusammen und sah, dass es Papierfiguren waren, platte, volumenlose Schnitte, und wäre ein Wind gegangen, so hätte man sie im Zug zittern sehen können, so aber blieben sie unbewegt in der Nacht, ohne Fülle, ein Stab in ihrer Mitte, ich sah es, hielt sie aufrecht. Und du, fragte ich, hast sie dort hingestellt? Er drehte sich fort vom Fenster, sah mich an, es gelang mir nicht, seinem Blick zu entkommen, der mich eindrehte, einwickelte, festhielt. Und du, fragte ich, hast sie dort hingestellt?! Er verschärfte den Blick, der mir wie ein langer Dorn ins Auge stach und, je länger er dauerte, umso heftiger schmerzte. Und du, fragte ich, warst du es?? Da ging er in die Knie, senkte Blick und Körper, kniete vor mir nieder und ließ sich dann, nachdem er kurz innegehalten hatte, auf die Hände hinab, vor mir, auf alle viere, ich aber trat hinter ihn und setzte mich auf seinen Rücken, und da er von selber nicht voranschritt und da mir die Peitsche fehlte, ihn anzutreiben, schlug ich mit dem, was gerade in meiner Hand sich befand, auf ihn ein, schlug ihm also mit der Taschenlampe auf den Hinterkopf, bis er unter mir zusammenbrach und ich hinausging in die Nacht und sein Gesicht samt schiefer Mütze entzweiriss, einfach so, mittendurch, als wäre es nichts.

# Likör und Pantoffel

Ich war also gerade aus dem Haus getreten und
fest entschlossen, endlich das auszuführen,
was ich eigentlich lange schon hatte tun wollen,
als etwas geschah, das mich von dem, was ich zu
tun im Begriffe war, abhielt: Da hob jemand seinen rechten Arm und winkte mich zu sich heran.
Ich überquerte die Straße und trat zu dem Mann.
Er stand über einen Einkaufswagen gebeugt, in
dem Flaschen lagen. Eine davon war zersplittert,
so dass die gelbe Flüssigkeit, die sich in ihr befunden hatte, auslief. Ob ich, fragte der Mann, bereit
sei, den Einkaufswagen festzuhalten, damit er die
übrigen Flaschen von der ausgelaufenen Flüssigkeit säubern und sie wieder in die rechte Ordnung bringen könne. Ich nickte und legte meine
Hände auf den Griff des Einkaufswagens, während der Mann mit einer nie bei einem Menschen
gesehenen Inbrunst ans Werk ging und die heil
gebliebenen, von der gelben Zähflüssigkeit be-
kleckerten Flaschen säuberte, wozu er ein Taschentuch benutzte, welches nicht den Eindruck

erweckte, es wäre für das, was der Mann zu tun im Begriffe war, groß genug. Der Mann trug einen spitzen, wohlgepflegten Bart und einen weiten Mantel, seine Hände waren rötlich angehaucht, denn es war kalt. Er verlor sich ganz in dem, was er tat, beachtete mich nicht, während sich auch ein zweites Taschentuch mit dem Likör vollsog – ja, ich meinte jetzt auf einer der Scherben ebendieses Wort entziffern zu können: Likör. Warum, dachte ich plötzlich, hatte mich der Mann überhaupt dazu bestellt, den Einkaufswagen festzuhalten, wusste ich doch, dass die Straße platt und ebenerdig war, ja, dass von einem Abhang, den ein nicht festgehaltener Wagen hätte hinabrollen können, weit und breit nichts zu sehen war. Der Mann aber hatte in diesem Moment sein Werk bereits verrichtet und drückte mir die gelbfeuchten Taschentücher in die Hand. Ob ich die Taschentücher in die Mülltonne werfen könne, fragte er mich. Er müsse, sagte er, beim Einkaufswagen bleiben und könne unmöglich fort. Ich tat ihm den Gefallen, fragte ihn aber zuvor, ob er wünsche, dass ich, verrichteter Dinge, zu ihm zurückkommen oder, einmal an jener Straßenecke angelangt, meinen Weg fortsetzen solle. In der Tat, entgegnete der Mann, wäre er mir sehr dankbar, wenn ich noch ein weiteres Mal zu ihm zurückkommen könnte, um abschließlich die im Einkaufswagen befindlichen Scherben zusammenzuklauben und in den Glascontainer zu werfen. Ich ging also den Weg zur Mülltonne und ging ihn wieder zurück, nahm, immer noch mit gelb befeuchteten Händen, die Scherben aus dem Einkaufswagen, wobei ich eine außerordentliche Achtsamkeit an den Tag legte, brachte die Scherben in den Glascontainer, und als ich ein weiteres Mal zu dem Mann trat, bedankte sich dieser und wandte sich ohne weitere Worte den Flaschen zu, die unzerbrochen auf dem Gitterboden des Einkaufswagens lagen. Da setzte ich meinen Weg fort, nicht ohne von einer denkwürdigen Unruhe ergriffen zu werden: Meine Gedanken richteten sich rückwärts statt auf das, was zu tun ich mir für jenen Tag vorgenommen hatte. Von Schritt zu Schritt kam mir immer mehr in den Sinn, was ich den Mann hätte fragen können. Warum, dachte ich, habe ich ihn nichts gefragt? Nach einiger Zeit, als ich gerade an einem der zahlreichen, hoch aus dem Boden aufragenden Pfähle vorbeiging, überlegte ich, ob ich nicht umkehren sollte, um den Mann all das zu fragen, was ich bei unserem ersten Zusammentreffen zu fragen versäumt hatte. Aber, sagte ich mir, indem ich ein wenig meinen Schritt verlangsamte, wenn er gar nicht mehr dort wäre?

Wenn er gar nicht mehr an jenem Platz auf der Straßenseite gegenüber meiner Wohnung stünde, über seinen Einkaufswagen gebeugt, seine Flaschen in Ordnung bringend? Wenn er, dachte ich, mich immer noch von ihm entfernend, nun ebenfalls weitergegangen wäre? Und wäre dies tatsächlich der Fall, dachte ich, indem ich immer langsamer wurde, wie sollte ich dann herausfinden, wohin er gegangen war? Aber wo, fragte ich mich, indem ich beinahe stehen blieb, soll er schon hingehen, der Mann? Ich bin überzeugt, redete ich mir zu, ohne zu wissen, woher ich diese Überzeugung nahm, ich bin überzeugt, dachte ich also, er wird noch dort anzutreffen sein, wo ich ihm begegnet bin. Also worauf, dachte ich, wartest du noch? Gehe zurück und verschiebe das, was du zu tun dir vorgenommen, auf einen anderen Tag, kehre deine Schritte um, begegne dem Mann erneut und zögere nicht, die Fragen zu stellen, die zu stellen dir auf dem Weg fort vom Mann in den Sinn gekommen sind. Und so hielt ich endlich an. Kaum hatte ich jedoch einige Schritte auf dem Rückweg getan, da sah ich ganz in der Nähe eine Gestalt, die versuchte, die Straße zu überqueren, dies aber allem Anschein nach nicht schaffte, da ein wilder Verkehr, von dem ich bislang – durch meinen zügigen Schritt und die im Gehen ent-

standenen Gedanken abgelenkt – noch keinerlei
Kenntnis genommen hatte. Die Gestalt aber, die
gebückt an einer Art Überweg stand, wedelte mit
einem Spazierstock zunächst drohend in Richtung der wild um sie herfahrenden Automassen,
sah dann Hilfe suchend links und rechts den Geh-
steig entlang, auf welchem auch ich ging, und als
die Gestalt mich sah, hob sie den Stock noch weit-
aus höher und schwang ihn auf und ab, wie um
mich herbeizuholen. So trat ich hinzu. Ob er Hilfe
benötige, fragte ich den Mann, denn ein solcher
stand nun neben mir, ich sah seine blasse Haut
und einen grauen Schnurrbartansatz, der ihm das
Gesicht zerkratzte. Ich fragte weiter: Ob er wolle,
dass ich ihn über die Straße geleite? Er blickte zunächst auf mich, dann auf die Straße und fragte
mich schließlich, was er denn auf der anderen
Straßenseite solle. Ich hätte keine Ahnung, sagte
ich, was er auf der anderen Straßenseite solle, ich
hätte nur den Eindruck gehabt, dass er hinüber-
wolle, zu einer Überquerung der Straße allein jedoch nicht imstande schiene. Da hätte ich, sagte
er, sein Verhalten missverstanden. Er habe lediglich versucht, fuhr er fort, eines der fahrenden
Autos anzuhalten. Ob sein Verhalten, fragte er
mich weiter, denn nicht dem Verhalten entspräche, welches man an den Tag zu legen hätte, wenn

man beabsichtige, ein fahrendes Auto zum Anhalten zu bringen? Nein, sagte ich ihm, sein Verhalten entspräche ganz und gar nicht dem Verhalten eines Menschen, der sich wünsche, ein fahrendes Auto zum Stehen zu bringen. Dazu, fuhr ich fort, hätte man nicht wild mit einem Stock über dem Kopf zu wirbeln, sondern vielmehr die Hand in Richtung Fahrbahn zu strecken mit nichts als dem nach oben gerichteten Daumen, ein sicheres Zeichen, durch das jeder im Fahren begriffene Mensch erkennen könne, dass man beabsichtige, von ihm mitgenommen zu werden. Er wolle aber gar nicht mitgenommen werden, sagte der Alte, er wolle lediglich, dass jemand anhalte. Ob ich ihm helfen solle, fragte ich nun weiter, einen der Wagen zum Anhalten zu bringen? Nein, sagte er, es spiele überhaupt keine Rolle, ob der Mensch, der anhalte, in einem Gefährt säße oder zu Fuß unterwegs sei. Dann, sagte ich, habe er ja jetzt geschafft, was er wolle: einen Menschen zum Anhalten zu bringen, nämlich mich. So ist es, sagte der Alte, und stützte sich auf seinen Stock. Was er denn nun, fragte ich ihn, von mir wolle? Das, sagte er, sei eine vertrackte Frage. Jetzt, sagte er, da ein von ihm zum Stillstand gebrachter Mensch leibhaftig vor ihm stünde, merke er, wie ihm der Mut schwinde, das zu fragen, was er habe fragen wollen. Ich hatte mich die ganze Zeit über ein wenig zu dem alten Mann hinabgebeugt, so krumm und klein war er dort gestanden, mit seinem Kopftuch über den grauen Filzhaaren, seiner Krücke, auf die er sich stützte und seinen pantoffelartigen Schuhen, jetzt aber richtete ich mich auf und atmete tief ein. Ich, sagte ich, sei doch der Mensch, auf den er gewartet habe, der Mensch, der seinetwegen stehen geblieben sei, so könne er mich doch getrost fragen, was er zu fragen hätte. Der alte Mann sah mich blinzelnd an, als ich so zu ihm sprach, trat einen Schritt zu mir hin und holte mich mit seinem Finger zu sich herab. Da musste ich mich ganz und gar beugen, was zur Folge hatte, dass ich ein wenig in die Knie ging, einen Buckel machte und durch den Mund zu atmen begann, da der Mann nach allerhand scharfen Sachen roch, Paprika und Pfeffer und ein erheblicher Teil Kräuter, deren Gerüche sich mischten und kaum noch voneinander unterscheidbar waren, was nicht so sehr daran lag, dass es derer zahlreiche gewesen wären, als vielmehr daran, dass sie, die Kräuter, bereits in ein Stadium der Verwelkung übergegangen waren. Der alte Mann begann nun zu flüstern, und obwohl ich ihm bedenklich nahe stand und sah, wie seine losen Zähne im Mund auf- und abwippten, musste ich ihn unterbrechen, kaum hatte er drei Worte gesprochen, da ich nicht verstand, was er sagte. Auch war der Lärm der vorbeirauschenden Autos enorm, denn wir standen immer noch dort, wo der Mann sich befunden hatte, bevor ich zu ihm getreten war, nämlich dicht beim Fahrbahnbeginn am Rande des Bordsteins, und erst jetzt merkte ich, dass man sogar den Luftzug der vorbeirauschenden Autos spüren konnte, und ich überlegte, ob ich den Mann nicht darauf aufmerksam machen sollte, dass unser Standort nicht ungefährlich sei, doch da sprach er endlich so laut, dass ich ihn verstand. Er sagte zunächst in beschwichtigendem Ton, dass ich, wenn ich nun also hörte, was er vorzubringen hätte, nicht glauben solle, er sei seiner Sinne nicht mehr mächtig. Das, fuhr er fort, hätten schon andere von ihm behauptet. In seinem Kopf aber laufe ein klares Wasser ab. Er sehe alles, was er erlebt habe, genau vor sich und lasse es sich nicht nehmen, zu wissen, was er wolle. Nur zu, ermutigte ich den Mann, ich sei von keinerlei Vorurteil eingenommen, er solle sagen, was er zu sagen habe. Er habe einen Mann getroffen, sagte er, der Flaschen in einem Einkaufswagen sammle, und diesen Mann suche er. Einen solchen Mann, erwiderte ich sogleich, hätte auch ich getroffen, es sei erst wenige Minuten her, ich hätte sogar, fuhr ich ohne zu überlegen fort, soeben beschlossen, zu jenem Mann zurückzukehren. Ob er sich mir, fragte der Alte, anschließen könne. Gewiss, sagte ich, das sei möglich. Ich legte ihm den Arm um die Schulter, führte ihn von der Straße und den gefährlich nahen Autos fort und bedeutete ihm, mit mir zu kommen. Ich merkte jedoch rasch, dass er kaum Schritt zu halten in der Lage war, im Gegenteil, er kam fast nicht von der Stelle, setzte Pantoffelspitze vor Pantoffelspitze, *kroch* förmlich über den Gehweg, so dass ich überlegte, was zu tun sei, wollte ich nicht noch mehr Zeit verlieren und Gefahr laufen, den Mann mit den Flaschen nicht mehr dort anzutreffen, wo ich ihn verlassen hatte. So hob ich den Alten ohne zu fragen hoch, hielt ihn dicht vor mich, er legte den Arm um meinen Hals und ließ sich von mir tragen, wobei seine Beine über meine nach innen geknickte Armbeuge hingen und ich aufpassen musste, dass er die an den Fußspitzen baumelnden riesigen Pantoffel nicht verlor. Ich schritt rasch aus. Der Alte atmete mir ins Gesicht und schlief, während wir so gingen, ein. Die Atemzüge wurden länger und regelmäßiger. Sein Kopf lag an meiner Brust. Anfangs war er erstaunlich leicht, ich trug ihn fast wie einen leeren Sack, dann aber wurde er schwerer, von Schritt zu

Schritt, meine eigenen Schritte wurden kürzer und ich selbst immer langsamer, Schweiß durchströmte meine Kleider von innen, immer öfter musste ich anhalten und ihn absetzen, nicht nur, weil mich die unerwartete Schwere seines Körpers zu einer kurzen Rast zwang, sondern auch, weil ich immer weniger auf seine mir über die Armbeuge baumelnden Beine achten konnte, so dass der Alte ein ums andere Mal einen seiner beiden Pantoffel verlor, die ich nicht liegen lassen wollte und nach denen ich mich, den Mann im Arm, bückte, um sie vom Bordstein zu angeln und ihm wieder anzuziehen, und dies geschah so oft, dass ich schließlich die Geduld verlor, ihm beide Pantoffel von den Füßen streifte und selber in sie schlüpfte, sie waren so groß, dass sie überziehergleich meine Straßenschuhe verschluckten, und so schlurfte ich die letzten Schritte mühsam, den schlafenden Alten im Arm, meinem Haus entgegen und erreichte endlich die Stelle, an der ich am Morgen dem Mann mit dem Einkaufswagen begegnet war. Die Stelle war umstanden von zahlreichen Menschen. Wo wir hier wären, fragte mich der erwachende Alte. Wir wären, sagte ich, an der Stelle, an der ich vor nicht einmal einer Stunde den Mann getroffen hätte, den er, der Alte, suche. Was denn, fragte der Alte weiter, all die

Menschen hier täten? Das, sagte ich, während ich mir die Pantoffel abstreifte und den Alten sacht aus den Armen gleiten ließ, so dass er unmittelbar hineinschlüpfen konnte, das, sagte ich also, entziehe sich meiner Kenntnis. Was, fragte der Alte, sollen wir nun tun? Ich schwieg. Ich hörte sie rufen, die Menschen, verstand aber nicht, was es war, das sie riefen. So ließ ich den Alten zurück und ging auf den äußeren Ring der Stehenden zu, kam jedoch kaum hindurch, da der Auflauf weit größer war, als es den Anschein gehabt hatte. Gewalt, dachte ich, werde ich anwenden müssen, um den Kreis der Menschen zu sprengen. So schlug ich mich, vehement mit den Ellbogen rudernd, durch den Pulk, ich kämpfte mich voran, bis ich schließlich ganz vorn im Kreis zum Stehen kam und sah, was alle sahen. Was ist da? fragte ich die Umstehenden. Man deutete auf die Mitte des Platzes, ich kniff die Augen zusammen und musste mich anstrengen, um einen kleinen gelben Fleck zu erkennen. Was ist das? fragte ich, und jemand rief den Ruf, den ich schon von außen gehört hatte, den ich aber nach wie vor nicht verstand, die anderen stimmten ein in den Ruf und zeigten auf die kleine gelbe Stelle. Ich ging zurück zum Alten, der mich fragend ansah. Ich zuckte mit den Schultern und sagte, der, den wir suchen, sei es nicht, den die Menschen umstünden. Was es denn dann sei? fragte der Alte. Ich könne es nicht mit Gewissheit sagen, erwiderte ich, aber mir sei, als handle es sich um einen kleinen gelben Fleck. Ein kleiner gelber Fleck? fragte der Alte. Ja, fuhr ich fort, es könne durchaus sein, dass es sich bei jenem Fleck um einen Rest des Likörs handle, welcher aus dem Einkaufswagen des Mannes mit den Flaschen getropft sei, während er in meinem Beisein die unzerbrochenen Flaschen gereinigt hätte. Also, sagte der Alte, indem er zu Boden sah, ist der Mann mit dem Einkaufswagen fort? Er ist fort, sagte ich. Unwiderruflich fort? fragte er. Unwiderruflich fort, sagte ich. Und wir wissen nicht, wie wir ihn finden können? fragte er. Nein, sagte ich, das wissen wir nicht. Was ich, fragte der Alte, denn jetzt tun würde? Ich, sagte ich, werde hinauf in meine Wohnung gehen. Ob ich, fragte der Alte, zu einem späteren Zeitpunkt bereit sei, den Mann mit dem Einkaufswagen zu suchen. Ja, sagte ich, dazu sei ich bereit. Dann, sagte der Alte, würde er wiederkommen und mir bei der Suche helfen. Das, sagte ich, könne er tun. Er drehte sich um und schlurfte den Weg zurück, den wir gekommen waren. Dabei knickte er ein wenig ein und wäre beinah gestürzt, ich wollte ihm schon zu

Hilfe eilen, doch er fing sich und setzte den Weg ohne weitere Schwierigkeiten fort. Ich überquerte die Straße und stieg hinauf in meine Wohnung, stellte, oben angekommen, einen Stuhl vor das Fenster und eine Flasche samt Glas auf die Fensterbank, setzte mich rittlings auf den Stuhl und schaute auf die Straße herab. Der Alte war noch zu sehen. Er entfernte sich langsam. Die Menschenmenge begann sich aufzulösen, einer nach dem anderen verließ die umstandene Stelle, bis nur noch einige wenige, die sich unterhielten und ihre Gespräche mit betulichen Gesten untermalten, zurückblieben, doch auch diese Gestalten verschwanden schließlich, und als der Alte um die Häuserecke bog, war der Gehweg wieder frei und leer. Ich holte mein Fernglas aus dem Wohnzimmerschrank und versuchte den gelben Fleck auszumachen. Das war schwierig, denn der Fleck war klein und hatte, dadurch, dass ein wenig in die Gehwegritzen gesickert war, noch an Größe eingebüßt. Schließlich sah ich ihn. Ein kleiner gelber Tropfen noch. Ich hatte plötzlich, als ich so auf den kleinen Tropfen herabsah, den Geschmack des Likörs auf der Zunge, ahnte: Der Likör war süß. Ich überlegte, ob ich zur Mülltonne an der Ecke hinabgehen und die likördurchtränkten Taschentücher herausholen sollte.

Ich schwenkte das Fernglas Richtung Mülltonne. Durch das Glas sah die Tonne gigantisch aus. Hinter ihr hockte ein Junge. Er hockte auf allen vieren und sah nach links, sah nach rechts, sprang aus dem Versteck zur Stelle, wo der Mann mit dem Einkaufswagen gestanden und den Likörfleck zurückgelassen hatte. Ich folgte ihm mit dem Glas. Er kniete nun vor dem Tropfen. Seine Haare hingen ihm ins Gesicht. Er warf den Kopf hin und her. Beäugte die Gegend. Blickte dann zum Tropfen. Roch. Roch am Tropfen, beugte sich weiter hinab. Sippte in kaum wahrnehmbarem Zug den gelben Tropfen auf, so dass nichts zurückblieb als grauer, trockener Asphalt. Dann knickte der riesige Kopf des Jungen zurück, nach hinten, und als er hochsah – ein einziger, gezielter Blick seiner verkehrt herum stehenden Augen – sah er unmittelbar in mich und mein Glas hinein, sah mich mit Riesenaugen an, sprang davon, Richtung Straße, der Verkehr, dachte ich, da ist doch ein wilder, unaufhörlicher Verkehr, er aber, der Junge, beachtete ihn nicht, sprang auf die Straße, hat Glück, der Junge, dachte ich, als ich seine Sprünge durch das Glas verfolgte, hat Glück, wird nicht erfasst, die Autos lassen Lücken, da kommt er, dachte ich, kommt durch die erste Spur hindurch und durch die zweite, die Autos wirbeln haarscharf, kommt auch durch die dritte Spur, dachte ich. Wo aber, dachte ich, will er hin, der Junge, wo will er hinspringen, warum nur, dachte ich, will er die Fahrbahn überqueren, will auf die andere Seite der Straße? Will er, dachte ich, zu mir? Was, dachte ich, will er bei mir? Und da verließ den Jungen das Glück, das ihn über die ersten vier Spuren der Straße getragen hatte, denn auf der fünften Spur fuhr ein Wagen in den vierfüßigen Körper des Jungen hinein, so dass er, der Körper des Jungen, klirrend zersprang, ich aber zurück zum Wohnzimmerschrank ging, das Fernglas wegschloss, den Stuhl vor den Esstisch stellte, die Flasche wegräumte und das Glas ausspülte, ehe ich, es war bereits spät, mein Schlafzimmer aufsuchte, mich auszog und hinlegte, nicht ohne mich an das zu erinnern, was ich, am morgigen Tag, tun wollte, endlich.

# Schweinesee

Als das erste Schwein ins Wasser klatschte, war es fünf Uhr morgens. Die anderen Schweine hatten mit angesehen, wie es dem ersten Schwein gelungen war, zu entkommen. Zwei von ihnen hatten ihm dabei geholfen. Das erste Schwein war mit wackligem Satz auf die Rücken seiner Helfer gesprungen und von dort wagemutig über das Gatter. Dann war es zum See getrottet und hatte sich in die Fluten gestürzt. Nun zappelten seine vier Klauen unter ihm und versuchten, die rosa Schnauze über Wasser zu halten. So schwamm das Schwein zur Mitte des Sees, prustete ab und zu, wenn ihm Wasser in Schnauze, Auge oder Ohr drang, doch alles in allem kam es ganz gut voran, mit dem Kopf voraus in seinem schweren fetten Körper, den zu tragen das Wasser Mühe hatte.

Die anderen Schweine schauten ihm hinterher und grunzten. In das Grunzen hinein ertönte plötzlich ein hölzernes Klacken, und als die Schweine sich umsahen, erblickten sie eines der ihren, das die Wucht seines Körpers dem Gatter entgegenstemmte. Immer wieder lief es weit zurück, nahm Anlauf, um dann, in trippelnden Schritten, so schnell es ging, zum Gatter zu rennen, kurz davor die Augen zu schließen und mit ganzer Kraft weiterzulaufen, bis die Schnauze aufs Holz prallte. Diese war blutig inzwischen. Und das Grunzen des Schweins klang hohl. Als die anderen Schweine dies sahen, stellte sich eins nach dem anderen dem rammenden Schwein an die Seite, um ihm zu helfen, um seine Kraft zu vervielfachen und gemeinsam das Gatter zu durchbrechen. Je mehr Schweine sich anschlossen, um so schwerer zitterte das Holz. Die Aufregung in der Koppel nahm zu, und hätten Schweine schreien können, so hätten die anderen geschrien, um die Kämpfer anzufeuern, die in stetig wachsender Zahl das Gatter berannten. Doch da sie nicht schreien konnten, blieben sie still, und so hörte man nur die knallenden Schnauzen und das Krachen des Holzes, und ab und zu ein grelles Quieken, wenn ein Schwein beim Aufprall auf einen rostigen Nagel traf, der seine Schnauze zerstach.

Als die Hofbewohner vom Geräusch der prallenden Schweine wach wurden und ans Fenster traten, um zu sehen, was draußen vor sich ging, war es schon zu spät. Die Schweine hatten es geschafft, hatten tatsächlich eine Lücke ins Gatter gestoßen, durch welche sie nun hinausströmten, in wüstem Durcheinander, in den anbrechenden Morgen hinein, Richtung See. Und zwar allesamt. Die Hunde bellten laut und energisch. Die Tür des Hauses öffnete sich, und die Hofbewohner liefen zur Schweinekoppel, doch kamen sie erst in dem Moment am Gatter an, als das letzte Schwein durch die Lücke schlüpfte. Bestürzt eilten die Leute den Flüchtenden hinterher, und was sie nun sahen, ließ sie ungläubig innehalten. In einer langen wilden Reihe stürzten sich die Schweine ohne zu zögern ins Wasser, das unter den schwer platschenden Körpern weiß aufschäumte. Die Sonne war inzwischen aufgegangen, und das rosa Fleisch blitzte im Licht. Die Schweine quiekten, und die Bewohner des Hofes konnten nicht ausmachen, ob vor Freude oder vor Schmerz oder weil sie Wasser schluckten. Ehe die Leute zu sich kamen, war schon das letzte Schwein in den See gesprungen.

Die Schweine schwammen nun. Und von Meter zu Meter, den sie zur Mitte des Sees zurücklegten, dorthin also, wo das erste Schwein inzwischen ruhig und gleichförmig seine Bahnen zog, beruhigten sich ihre hastigen Bewegungen, legte sich ein kühler, nüchterner Atem auf ihre

Glieder. Als sie in der Mitte des Sees angekommen waren, sammelten sie sich. Sie bildeten
einen großen Kreis, in dessen Mitte das erste
Schwein schwamm. Alle schauten auf die Kühn-
heit seiner Bewegungen, auf die Glattheit, mit
der es die Wasser inzwischen teilte, auf den zügigen Rhythmus, den es gefunden hatte, als hätte
es sich den Bewegungen des Wassers ganz und
gar angepasst, ja, als hätte es sich vom ruhigen
Ziehen der Strömung allererst sagen lassen, was
Bewegung bedeutet, und so zog es inmitten der
Schweine seine Bahnen, ohne die Füße einzeln
zu bewegen, sondern in einem einzigen vierfüßigen Schub, der seinen Körper halb aus dem
Wasser hielt, leicht, als sei er mit Federn gefüllt,
und dieses vierfüßige Stoßen hatte eine solche
ruhige Kraft, dass jeder Stoß das Schwein einige
Meter durch die Wasser vorwärts schob, doch
plötzlich neigte sich sein Kopf nach unten, und
das Schwein schoss wie ein Stein in die Tiefe.

Die anderen Schweine schwiegen. Sie paddel-
ten immer noch etwas zu hastig mit den Klauen
unter Wasser und lernten den vierfüßigen Rhythmus erst langsam. Doch schauten sie mit trüben
Augen dem ersten Schwein hinterher, das nun
wohl in den Fluten ertrank oder den Kampf mit
dem Tod bereits hinter sich hatte. Die Sonne

stand jung und wie von einer dünnen Haut bezogen über dem Ufer des Sees. Vögel in den Zweigen hatten schon vor einiger Zeit zu singen begonnen. Tau lag auf den Halmen, und ein leichter Wind strich die Seeoberfläche zusammen. Die Leute vom Hof sahen in der Mitte des Sees ihre achtzig Schweine, die immer ruhiger wurden, deren Beine immer seltener die Wasser schlugen, und alle fragten sich, was da vor sich ging, als plötzlich, in kurzer Entfernung von den übrigen Schweinen die Wasseroberfläche sich teilte und mit mächtigem, hohem Satz, höher noch als je bei einem Delphin gesehen, das erste Schwein aus dem See hinaus in die Luft sprang, sich in der Luft auf den Rücken legte und mit den Füßen wackelte, laut und lang gezogen grunzte, was sich anhörte wie Kriegsgeschrei, um dann kopfüber und mit hoch aufspritzendem Wasser zurück in den See zu klatschen. Als es danach wieder auftauchte, schwamm es rasch und wie ein Seehund sich bewegend durch die Wasser, eine Welle zog sich durch den gesamten Körper, angetrieben von den vier Füßen, die sich bewegten, als hätte man sie fürs Schwimmen geschaffen. Immer wieder sprang es hoch hinaus in die Luft und genoss das Bad im Wind. Hätten Schweine johlen können, so hätten die anderen gejohlt, doch da sie nicht johlen konnten, schwiegen sie. Mehr und mehr ahmten sie die Bewegungen des ersten Schweins nach und begannen ebenfalls zu tauchen. Das war ein Rauschen von Wellen, ein Spritzen von Schaum, ein wildes Jagen und Schnappen nach toten, aus der Tiefe geholten Fischen, die an der Oberfläche trieben, ein rosarotes Blitzen, wild und wuchtig, und die Ruhe des sommerlichen Sees war dahin.

Die Bewohner des Hofes öffneten den Damm des künstlich angelegten Sees und ließen das Wasser ab, die Schweine aber, ihrem neuen Element entrissen, lagen auf dem schlammigen Grund, schnappten nach Luft und starben.

# Backgammon

Ich habe mich mit meiner Lage arrangiert. Denn eigentlich, scheint mir, hat sich nicht viel verändert. Wenn er kommt und mir das Frühstück bringt, beobachte ich ihn. Immer noch tut er alles, was er tut, gelassen, scheinbar freundlich, wie von einer durchsichtigen Hülle umgeben: unfassbar unangreifbar. Er stellt alles an seinen Platz. Dorthin, wo es hingehört. Vor langer Zeit gab ich ihm die Instruktionen, die er seitdem befolgt, minutiös nennt man die Art wohl, wie er es tut. Wenn er das Esszimmer verlassen hat, schleiche ich mich — zugegeben, dies tat ich früher nicht — zur Tür und schaue durchs Schlüsselloch. Das Schlüsselloch ist fast auf Höhe meiner Brust, denn die Türen sind riesig, hoch, gewaltig, kleine Tore, könnte man sagen. Wenn ich mich beeile, sehe ich ihn noch. Er geht den Flur entlang, in seinen langsamen, schlendernden Schritten, wiegt dabei den Oberkörper hin und her, biegt schließlich ab, zur Treppe. Manchmal schaut er den Flur zurück, bevor er abbiegt, denn er weiß, dass ich am Schlüsselloch stehe, weil er einmal, vor einiger Zeit, als ich gerade meinen Platz an der Tür eingenommen hatte, unerwartet klopfte, hart und laut, so dass ich zurückwich, aufschrie, fast nach hinten fiel, und laut Ja? rief. Er steckte den Schlüssel ins Schloss, schloss die Tür auf, kam herein, schaute mich fragend an, tat so, als begriffe er nicht, dass ich soeben noch an der Tür gestanden war, sagte irgendetwas ganz und gar Belangloses, und seit jenem Tag weiß er, dass ich ihm nachschaue, doch dass ich dort stehe, bis er zurückkommt, weiß er nicht.

Es begann vor vielen Jahren, an einem Montag, seinem freien Abend, als er nicht, wie sonst, bei mir blieb, sondern das Schloss verließ. Er brach am frühen Abend auf, um, wie er sagte, seiner Mutter einen Besuch in der Stadt abzustatten, entschuldigte sich, dass er nicht zum Backgammon bleiben könne, warf sich den Mantel über, und ich schaute ihm nach, wie er in der Dämmerung verschwand, die sich über das Schloss legte. An diesem Abend, ganz allein, war es seltsam still im Schloss. Mir kam die Stille fad und ungemütlich vor, es war das erste Mal seit Jahren, dass er beim allabendlichen Backgammonspiel fehlte. Und so spielte ich notgedrungen gegen mich selbst. Eine neue Erfahrung.

Mit den weißen Steinen spielte ich vollkommen intuitiv. Ich preschte über das Spielfeld, vergaß sämtliche Deckungen, schaute kaum richtig hin, was ich tat, raste mit ungeschützten Steinen durch die schwarzroten Zacken, hatte schon nach wenigen Zügen vier, fünf Steine in der Mitte liegen, die ich wieder ins Spiel zu bringen hatte. Mit den schwarzen Steinen dagegen spielte ich kühl kalkulierend. Obwohl der Blick dafür mir schon fast in Fleisch und Blut übergegangen war, nahm ich mir Zeit, viel Zeit, um die beste Variante zu errechnen, damit kein Stein allein blieb, schob sie, wo immer es ging, zu Paaren zusammen, und wenn es sich nicht vermeiden ließ, dass ein einzelner Stein irgendwo bloß zu stehen hatte, wählte ich den, der am weitesten von den gegnerischen Reihen entfernt lag. Das Frappierende war, dass Weiß gewann. Nicht stets, aber um einiges häufiger als Schwarz.

Ich merkte aber, dass ich, während ich spielte, immer unruhiger zu werden begann und zur Uhr schaute und mich fragte, wo er denn so lange blieb, als es elf und er immer noch nicht zurück war. Da fiel mir auf, dass er mir fehlte. Da fiel mir auf, dass er mein einziger Mensch war. Dass die anderen mich verlassen hatten. Dass nur er geblieben war. Und dass wir uns ähnlich waren.

Ähnlich in der Art und Weise des Rückzugs, der Abschottung, der Menschenleere, die uns umgab. Und das spürten wir beide beim Backgammon, Abend für Abend, beim Spiel, das Stunden dauern konnte und während dem wir kaum ein Wort verloren.

Einen Tag nach dem Besuch bei seiner Mutter kam er abends zu mir ins Schlafzimmer. Das hatte er nie getan. Nie zuvor. Ich war im Bademantel, hatte ein Glas in der Hand, trank einen Whiskey, ich stand, ich sehe es nach so langer Zeit noch ganz genau vor mir, am Fenster, blickte hinaus, draußen zog ein Wind, der noch kein Sturm war, ziemlich kräftig durch die Sträucher und Bäume des Parks, da ging also die Tür auf, er hatte nicht geklopft, er stand plötzlich auf der Schwelle und räusperte sich. Ich ließ den Vorhang los und drehte mich um. Was wollen Sie? fragte ich ihn. Er sagte, er wolle mich um etwas bitten. Ich trat an den Kamin, stellte mein Glas ab, beugte mich hinab, wärmte kurz meine Hände und stocherte dann mit dem Schürhaken ein wenig in den Holzscheiten. Ich erinnerte mich an meine Gedanken vom Vorabend, und diese Gedanken hielten mich davon ab, schroff zu werden, ihn auf seine Unhöflichkeit hinzuweisen, darauf, dass man ohne zu klopfen nicht das Schlafzimmer seines

Herrn betritt, nein, ich sagte nichts von alledem, im Gegenteil, ich war überaus höflich, freundlich, milde gestimmt. Setzen Sie sich, sagte ich sogar, und er ließ sich auf einen der Sessel nieder, dicht bei den Flammen. Ich blieb stehen und steckte meine Hände zurück in die Taschen des Bademantels.

Er begann seine Erzählung mit den Worten: Wissen Sie, Mylord, ich habe gestern ein Mädchen kennen gelernt. Ich griff zu meinem Glas. Damit hatte ich nicht gerechnet. Da ich nicht wusste, wie ich darauf reagieren sollte, fragte ich ihn, ob er etwas trinken wolle. Er war über das, was ich da fragte, genauso erstaunt wie ich, doch nickte er, und ich holte ein Glas vom Tablett, goss ihm einen Schluck ein, und wenn ich jetzt daran zurückdenke, ist mir klar, dass es das einzige Mal war, in unser beider Leben, dass *ich ihn* bediente, und er stellte sich recht ungeschickt an, als er aus meiner Hand das Glas entgegennahm. Es entstand eine Stille, eine längere Stille. Ich trank. Einen Moment lang stellte ich ihn mir mit einem Mädchen vor. Eine bizarre Vorstellung. Er war ein behaarter, unförmiger Berg von einem Mann, nicht dick, aber groß, und dabei sah sein Körper aus, als gehöre er nicht zu ihm, als schleppe er ihn nur mit sich herum, wie einen unnützen Ballast, den man jederzeit über Bord werfen kann. Sein Körper und er, das waren zwei völlig verschiedene Dinge, die nicht zueinander passen wollten, und es gelang mir einfach nicht, mir auszumalen, wie er mit diesem Körper eine Frau zu gewinnen imstande sein sollte. Zumal er schon damals nicht mehr jung war und, ich sagte es bereits, eine überaus zurückhaltende Natur, menschenscheu, er verbrachte seine gesamte freie Zeit auf dem Schloss, seine einzige Zerstreuung bestand im Backgammonspiel, mit mir.

Das Mädchen, so erzählte er, stand auf der Straße, als er aus dem Haus seiner Mutter trat, es war neblig, dunkel und kalt. Sie stand einfach da, für dieses Wetter viel zu leicht bekleidet, wie er sie beschrieb, sie hielt einen Schirm aufgespannt und ging zögerlich hin und her. Ein Windstoß aber riss ihr plötzlich den Schirm aus der Hand. Mein Diener lief dem im Wind rollenden Schirm hinterher und brachte ihn der Frau zurück. Diese bedankte sich und lächelte. Und dann beschrieb mein Diener ihr Lächeln, und die Worte dafür, daran besteht kein Zweifel, hatte er Romanen entnommen, die er, wie ich wusste, zuweilen las, es waren romantische Romane, in denen die Begegnung mit einer unbekannten Frau im Mittelpunkt stand. Ich ließ ihn sprechen, ohne zu zeigen, dass ich durchschaute, woher seine blumige Sprache stammte. Mein Diener stand dort »wie angewurzelt«, »überwältigt«, sagte er, von ihrer »Anmut«, so dass er seinen Blick »nicht von ihr wenden« konnte. Es muss ihn eine unglaubliche Anstrengung gekostet haben, nun das Wort an die Frau zu richten. Er sagte das Erstbeste, was ihm einfiel, er fragte die Frau, ob sie sich verlaufen hätte. Diese lachte. Nein, sagte sie, sie warte auf jemanden. Die Frau trat einen Schritt auf ihn zu, und so, wie er es erzählte, schien es das erste Mal gewesen zu sein, dass eine Frau ihn in zweideutiger Weise berührte: Sie kniff ihm in die Wange und stand dabei so dicht vor ihm, dass er den »sanften Atem ihrer Brüste an seinen Armen spürte«. Aber wenn du willst, sagte sie, bin ich morgen Abend wieder hier *und warte auf dich.* Mein Diener konnte nicht glauben, was er da hörte, und die Frau sagte: Wir könnten was trinken gehen, morgen. Da aber fuhr schon das Auto vor, sie klappte den Schirm zusammen, ging zu der sich öffnenden Wagentür, drehte sich noch einmal um und winkte ihm zu, ihm, meinem Diener, der dort wie ein Klotz im Nebel stand, mit offenem Mund wahrscheinlich.

Nachdem er geendet hatte, fragte er mich, ob

es möglich sei, auch an diesem Abend, obwohl ein Dienstag und eigentlich nicht sein freier Abend, ob es also möglich sei, aus dem angegebenen Grunde, an diesem Abend, ausnahmsweise, wie er sagte, das Schloss zu verlassen. Ich stand auf, trat mit dem Glas in der Hand ans Fenster und schaute hinaus. Der Wind hatte zugenommen, es war nun durch die geschlossenen Fenster hindurch ein Pfeifen zu hören, das unruhig klang. Ich hatte ziemlich schnell den Entschluss gefasst, meinem Diener seine Bitte zu verweigern, wusste aber noch nicht recht, wie ich ihm dies beibringen sollte. Es stand für mich fest, dass er einer jener Frauengestalten aufgesessen war, die sich ihre körperliche Zuneigung bezahlen ließen. Gleichzeitig sah ich an der Art und Weise, in der mein Diener die Begegnung schilderte, dass er sich dessen nicht bewusst war, dass er tatsächlich glaubte, eine ihm unbekannte junge Frau hätte sich binnen weniger Sekunden in eine unförmige, borstige Gestalt wie die seine verlieben können. So riss ich mich vom Fenster los, drehte mich um und sagte laut und entschlossen das eine Wort *Nein*. Der Diener fuhr hoch. Ich sah, dass er damit nicht im Entferntesten gerechnet hatte. Ehe er jedoch etwas erwidern konnte, redete ich schon auf ihn ein, zählte meine Argumente auf, sprach schnell und überschwemmend, das beste Mittel, ihn in seiner langsamen Art zu überwältigen. Er wisse doch, sagte ich, dass ich den Abend und die Nacht nicht gern allein im Schloss verbringe. Als mein einziger Angestellter, der bei mir geblieben sei, solle er mehr Pflichtgefühl an den Tag legen und sich an die festgesetzten Abmachungen halten, so zum Beispiel an den freien Abend, der nun einmal der Montagabend sei und gerade erst 24 Stunden zurückliege. Außerdem forderte ich ihn auf, aus dem Fenster zu schauen, ich sagte, es nähere sich ein Sturmtief, und dies sei nicht zu unterschätzen. Ich erinnerte ihn daran, dass er selbst es gewesen war, der noch vor Wochenfrist seiner Sorge Ausdruck verliehen hatte, die morschen, im Absterben begriffenen Tannen am Rande des Parks könnten bei einem heftigen Unwetter abbrechen und von einer starken Bö vor die Fenster der Westfront geweht werden, dorthin also, wo meine Zimmer lagen. Was aber, fragte ich ihn, sollte ich allein einer solchen Gewalt der Natur entgegensetzen? Wie sollte ich allein es schaffen, einen einmal durch das Fenster geschlagenen Ast zu entfernen? Und schließlich solle er nicht vergessen, dass er heute, wie an jedem Dienstagabend, die Hunde zu baden hätte. Er stand neben dem Stuhl und starrte mich an wie eine Erscheinung. Ich konnte mir gut vorstellen, was in ihm vorging, welch ungeheure Wut sich in ihm sammelte, welche Gedanken in ihm aufstiegen, wie er am liebsten all das aufgezählt hätte, was er in seiner dreißigjährigen Dienstzeit für mich und nicht nur *für mich*, sondern auch *mit mir* getan hatte, freiwillig, wie viel Zeit, wie viel freie Zeit er mir geopfert hatte, und jetzt, wo er mich zum ersten Mal in seinem Leben um etwas bat, mich um läppische vier Stunden freie Zeit bat, da verweigerte ich sie ihm. Er selbst stand nun, an jenem Dienstagabend, ich sehe ihn noch klar vor mir, zitternd, ja, in der Tat zitternd neben dem Kamin, sein Glas hielt er immer noch in der Rechten, er hatte keinen Schluck getrunken, er sah mich verständnislos an, doch all das, was in ihm aufstieg, blieb ungesagt in seinem Körper stecken, und stattdessen murmelte er lediglich etwas davon, dass er die Hunde schon am Nachmittag gebadet hätte, doch tat ich, als überhörte ich seine Worte, und da nahm er all seinen Mut zusammen und sagte: Mylord, ich bitte Sie. Aber ich blieb hart. Vielleicht wäre es klüger gewesen, so denke ich manchmal, wenn ich ihm die wahren Gründe für meine Ablehnung genannt hätte, all das, was ich wirklich über das Mädchen dachte, doch ich sagte nur das eine Wort *Nein* und musste

mit ansehen, wie sich mein Diener von mir ab-
wandte, zum Kamin hin, und wie er dann etwas
tat, das so gar nicht zu seinem stillen, ergebenen
Wesen passte: Er kippte den Whiskey in die
Flammen. Dann stellte er das leere Glas auf den
Sims, drehte sich um und verließ den Raum, ohne
mir einen weiteren Blick zuzuwerfen, ohne ein
weiteres Wort zu äußern. Ich war ihm nicht böse.
Ich verstand seine Wut, seine Enttäuschung, und
da er sich in all der Zeit nie etwas hatte zu Schul-
den kommen lassen, hatte ich ihm seine rebelli-
sche Tat bereits verziehen, als die Tür sich hinter
ihm schloss. Dennoch war ich beunruhigt. Ich
hätte ihm eine solche Geste nicht zugetraut, eine
solche Geste der Verachtung, von ihm, meinem
Diener, der sich stets als ein ernster, korrekter,
mir ergebener Mensch erwiesen hatte, ja, der Einzige, der bei mir auf dem Schloss geblieben war
und dort mit mir lebte, in den Räumen, die un-
verschlossen von ihm in Ordnung gehalten wurden.

Am nächsten Morgen tat ich so, als wäre nichts
geschehen, und auch er gab sich scheinbar unver-
ändert. Ich konnte allerdings erste Anzeichen
einer Art Ironie feststellen, die sich von Tag zu
Tag verstärken und langsam in sein Wesen ein-
graben sollte. Die Ironie äußerte sich vornehm-

lich in Gesten, die sich immer dann zeigten, wenn er sich unbeobachtet fühlte. Manchmal erspähte ich eine herablassende Bewegung seiner Hand. Wenn er gerade eine benutzte Teetasse oder ein Cognacglas auf sein Tablett stellte und dachte, ich kehrte ihm den Rücken zu, dann winkte er ab, mit der Rechten, das sah so aus, als wollte er eine Fluse vom Tisch wischen. Zog er sich zurück, so verließ er das Zimmer mit einer angedeuteten Verbeugung. Und von Tag zu Tag beugte er sich tiefer hinab, und je tiefer er sich hinabbeugte, je mehr die Verbeugung den Charakter der Andeutung verlor und eine wirkliche Verbeugung wurde, umso mehr spürte ich, wie sehr seine Ironie Zeichen einer immer stärker werdenden Abneigung war.

Wir redeten nun fast nichts mehr. Ich begann auf jede überflüssige Anweisung zu verzichten, um seinen Verbeugungen sowie der Art und Weise zu entgehen, wie er *Sehr wohl, Euer Lordschaft* sagte. Ich hatte in jener Zeit mehr als einmal das Gefühl, dass er kurz davor stand zu gehen. Was das bedeutet hätte, wagte ich mir nicht auszumalen, denn allein auf mich gestellt hätte ich unmöglich im Schloss bleiben können. Die Vorstellung aber, das Schloss verlassen zu müssen, ließ mich verstummen, ließ mich in eine Art Angst verfallen, ich könnte etwas Falsches sagen, ich könnte durch ein Wort oder einen überflüssigen Befehl seine mir angespannt scheinende Geduld zum Zerreißen bringen. Und so duldete ich seine versteckten Gesten, seine Verachtung, ja, seine Abneigung, in der Hoffnung, dass er bei mir blieb.

Mit offenen Affronts hielt er sich zurück. Einmal nur in den letzten Jahren, er hatte sich wohl am Abend zuvor etwas gehen lassen und dem Alkohol zugesprochen, was eigentlich nicht seine Art war und auch später nicht wieder vorkam, bediente er mich am Morgen unrasiert, fast stinkend und mit einem frechen, bleckenden Grinsen im Gesicht. Er legte meine Zeitung nicht wie üblich sorgsam gefaltet neben den Teller, nein, er öffnete vor meinen Augen den Lokalteil, breitete die Zeitung in aller Seelenruhe aus, knickte sie um, so, wie ich es hasse, bog sie sogar nochmals in der Mitte zusammen: Es war die Seite mit den Hochzeitsanzeigen. Er sah sie sich kurz an und deutete dann auf eine besonders fett gedruckte Anzeige. Die dort ausgeschriebenen Vermählten hießen Lilly van Dorn und Bruce Summers. Und mein Diener sagte: Lilly van Dorn, so könnte sie geheißen haben. Er verließ lachend, ich hatte ihn noch nie lachen hören, den Raum, immer noch halb betrunken, und ich sah den ganzen Tag nichts mehr von ihm.

Wir spielten weiterhin jeden Abend Backgammon, doch unser Spiel veränderte sich. Hatten wir früher ruhig und gleichmäßig gespielt, mit Pausen und Zeit zum Atemholen, manchmal sogar mit knappen Kommentaren, so spannte sich nun eine immer größer werdende Unruhe und Ungeduld über das Spielfeld. Wer an der Reihe war, warf hastig die Würfel. Wir verfolgten das Kullern des Würfelpaars und konnten kaum erwarten, dass es liegen blieb. Während der eine seine Steine setzte, raffte der andere die Würfel schon auf und warf sie, kaum waren die Steine gezogen, wieder aufs Brett. Und so fort. Weil uns mittlerweile keine Kombination mehr überraschen konnte, weil wir alle Wege schon einmal gegangen, alle Möglichkeiten bereits durchgespielt hatten, rissen wir, ohne weiter nachzudenken und ohne rechnen zu müssen, rissen wir also die Spielsteine von ihren Positionen, setzten sie an die neuen Plätze, ärgerten uns still, wenn der Würfel uns in ungünstige Gebiete schickte, würgten ein wenig, wenn es dem anderen gelang, einen Stein gefangen zu nehmen und in die Mitte des Brettes zu legen. So war das Spiel kein Spiel mehr, sondern eine Art Rennen, die Würfel und

Steine jagten sich gegenseitig über das Brett, und wenn ein Spiel beendet war, konnte sich der, der gewonnen hatte, ein wenig zurücklehnen, einige Sekunden verschnaufen, der andere aber, der Verlierer, stellte wie in Raserei die Steine wieder in die Ausgangsstellung, so dass ein neues Spiel begann, endlos, bis wir beide, außer Atem, wirklich außer Atem, körperlich, ja, keuchend, kann man sagen, die Augen hoben, uns ein Zeichen gaben und den Abend beendeten.

Es dauerte nicht lange, da merkte ich, wie ich wünschte, mich dieser Stimmung zu entziehen, wie es mir zu eng wurde in meinen Räumen, wie sich etwas um mich und in mir zusammenzog, wie ein Bestreben Gestalt annahm, der Wunsch, das Schloss zu verlassen, wenn auch nur für ein paar Stunden, für einen Tag vielleicht. Als ich meinem Diener diesen Wunsch mitteilte, war er zunächst überrascht, doch seine Überraschung rührte wohl eher daher, dass ich seit langem wieder das Wort an ihn richtete. Es verstrich eine kurze Zeit, die er, wie ich sehen konnte, dazu benötigte, sich über den Sinn meiner Worte Klarheit zu verschaffen. Der Prozess des Verstehens verlief langsam, viel langsamer, als es angebracht gewesen wäre. Seine Augen waren dumpf, verständnislos, wie tot, und es war, als füllten sie sich in jenen Sekunden des Verstehens wie zwei Gefäße, in die man eine Flüssigkeit schüttet. Da begriff ich, dass etwas mit ihm geschehen war. Mit jähem Schreck sah ich dies, und als ich es sah, lachte er, und sein Lachen klang wie das Klirren von Geschirr, das jemand an die Wand wirft. Er drehte sich um und ließ mich stehen, ich aber nahm mir meinen Mantel aus dem Garderobenraum, ging zum Portal und riss es auf, das heißt, ich wollte es aufreißen, es war aber verschlossen. Der Schlüssel nicht in Sicht. Ich blieb erstaunlich ruhig. Irgendwie hatte ich gewusst, dass es so kommen würde, irgendwie war ich darauf vorbereitet gewesen, und ich ging zurück in die Küche, wo mein Diener gerade das Essen zubereitete. Ich fragte ihn, wo der Schlüssel zum Portal sei. Er deutete auf seine Brust, knöpfte die Livree auf, dann das Hemd, und da hing der Schlüssel, an einer Kordel um den Hals, baumelte an seiner schwarz behaarten Brust, und er sagte mir, er könne mich nicht hinauslassen, er wolle heute Abend das Spiel nicht versäumen.

Ich ging hinauf in meine Zimmer. Ich brauchte nicht nachzuschauen, ich wusste, dass auch der Hinterausgang und der Ausgang zum Garten verschlossen waren. Ich wusste auch: Das Telefon würde tot sein. Und ich wusste, dass es keinen

Sinn hatte, sich zu wehren, denn ich hatte ihm nichts entgegenzusetzen. Die einzige Waffe, mit der ich ihm hätte gegenübertreten können, wäre mein Schürhaken gewesen, doch ich sah mich vor ihm stehen, ein Zwerg, gebrechlich, schief, und er: ein kräftiger, zupackender Mann: Im Handumdrehen hätte er mir den Schürhaken abgenommen.

An diesem Abend spielten wir. Ich war seltsam ruhig und erinnerte mich an den Abend, an dem ich zum ersten und einzigen Mal in meinem Leben gegen mich selbst Backgammon gespielt hatte. Ich erinnerte mich an die Erfolge der weißen Steine. Und so gab ich mich scheinbar uninteressiert, ließ meine Steine schutzlos laufen und gewann. Ich gewann Spiel um Spiel. Je ungezwungener ich die Sache nahm, je freier und ungedeckter meine Steine standen, um so sicherer war mir der Sieg. Oft lagen so viele meiner Steine in der Mitte, dass ich dachte, ich würde sie nie wieder zurück ins Spiel bringen. Aber durch diese ungewollte Taktik konnte ich meist zwei oder drei Plätze in seinem Ausstiegsfeld in Beschlag nehmen, und diese Plätze dienten mir als Basis, als Stütz- und Ausgangspunkt, um ihn ohne es zu wollen unter Druck zu setzen. Und die Würfel zeigten wie von magischer Hand gelenkt in einer absurden Regelmäßigkeit genau die Zahlen an, die ich benötigte. Brauchte ich eine Eins und eine Drei, um zurück ins Spiel zu kommen, warf ich eine Eins und eine Drei. Brauchte ich einen Sechserpasch, um zu gewinnen, so warf ich ihn. Ich gewann und gewann. Und er, mein Diener, sank von Spiel zu Spiel tiefer in seinen Sessel, wurde bleicher, ruhiger, mutloser, seine Verzweiflung nahm von innen her Gestalt an, breitete sich von innen her in seinem unförmigen Körper aus, ließ ihn stumpf werden und still und nur noch zaghaft zu den Würfeln greifen, bis er sich schließlich, wie geschlagen und geprügelt, aus dem Zimmer schleppte, ohne Verbeugung, und mich allein ließ. Dann schloss er, von außen, die Tür ab, zog den Schlüssel aus dem Loch und entfernte sich. Es war das erste Mal, dass er es tat, und ich sprang auf, sprang hin zur Tür, beugte mich hinab, ans Schlüsselloch, blieb still, stand dort, atmete, wartete, und als ich ihn nach einiger Zeit zurückkommen sah, den langen Flur entlang, langsam, wiegenden Schrittes, trat ich vom Schlüsselloch zurück, holte tief Luft, setzte mich in meinen Sessel und beruhigte mich erst bei dem Geräusch, den der Schlüssel machte, als er sich drehte, im Schloss.

## Kloses Unfall

Klose sprang auf, plötzlich, weil das Geräusch laut war, er sprang zum Wecker, der an einer Stelle im Zimmer stand, zu der sich der Schläfer zu bewegen hatte, eine Umständlichkeit, die Klose so eingerichtet hatte, weil er wusste, dass er, stünde der Wecker unmittelbar neben seinem Bett, diesen einfach nur ausschalten, er, Klose, jedoch im Bett bleiben, sich umdrehen und weiterschlafen würde. Klose drückte den Knopf des Weckers, das Geräusch verstummte, verschlafen stand er vorm Fenster und schloss noch einmal für eine Weile die Augen, bis er sich nach vorn beugte und mit scharfem Ruck den Rolladen hochzog. Dann blinzelte er. Draußen war es hell. Ihm war schwer hinter den Lidern. Nur nicht das Haarewaschen vergessen, hätte Klose gedacht, wenn er nicht noch zu müde gewesen wäre, heute muss ich mir die Haare waschen, es ist notwendig, mir die Haare zu waschen, ich habe sie vorgestern gewaschen, gestern nicht, vorgestern, und alle zwei Tage muss ich sie waschen, sonst werden sie fettig, man kann sehen, wie sie fettig werden, im Laufe des dritten Tages, an dem man die Haare nicht gewaschen hat, kann man den Fettgehalt der Haare anwachsen sehen, kann man quasi daneben stehen und zusehen, wie Haar um Haar an Fett gewinnt. Klose zog den Schlafanzug aus, ging nackt durch die Wohnung, am Wohnzimmerfenster vorbei, das zur Straße lag und vor dem kein Rolladen herabgelassen war, und Klose stellte sich vor, dass jemand ihn von draußen sehen könnte, doch er sagte sich, dass so früh am Morgen noch kein Mensch auf der Straße sei, der zu ihm, dem nackt am rolladenlosen Fenster vorbeigehenden Klose, hineinschauen würde. So ging Klose ins Badezimmer und sah, ehe er die Duschzelle betrat, nach, wie viel Haarwaschmittel noch da war, es musste ausreichen, um seine Haare *zweimal* zu waschen, denn erst beim zweiten Einseifen bildete sich ein ausreichend wulstiger Berg von Schaum auf seinem Kopf, mindestens doppelt so viel Schaum wie beim ersten Waschen, und dieser Schaum war nötig, um Klose das Gefühl zu geben, dass sein Haar die Fettigkeit verlor. Klose wartete, bis das Wasser warm war, ehe er den Duschkopf auf die Halterung steckte, dann lockerte er die Halterung, schob sie nach oben, höher als gestern, so hoch, dass er bequem darunter Platz hatte und den Kopf samt Haar und Gesicht unter den Strahl halten konnte.

Klose begann zu träumen, als er unter der Dusche stand, seine noch vom Schlaf verstopften Sinne nahmen das Geräusch und die Wärme und den Dampf der Dusche auf und ließen ein Gedankenwabern entstehen, durch das sich Klose zu bewegen begann, er sah die Dinge, die der Tag ihm zu tun auftrug, sah die auf dem Schreibtisch seines Büros wartende Arbeit, sah das gleichatmige, ruhige, gewohnte Dahinziehen der Stunden, sah am frühen Nachmittag den Rückweg vom Büro, sah den Zwischenhalt im Gasthaus, sah das Essen auf den Tellern und das Geld, das er wie üblich auf den Tisch legen würde, sah die Tür, die beim Herausgehen hinter ihm herschwingen würde, so dass er aufpassen musste, dass sie ihm nicht ins Kreuz stieß, sah den Weg heim und das Ankommen, sah das ruhige Sich-in-die-Sessel-fallen-Lassen und Auf-die-Nacht-Warten.

Beim Verlassen der Duschzelle wäre Klose beinahe ausgerutscht, fing sich aber, hielt sein Gleichgewicht, griff zum Handtuch und trocknete sich ab. Er rieb sich auch die Haare trocken, konnte aber nicht erkennen, wie er aussah, da der Dampf der Dusche die Spiegeltüren seines Alibertschränkchens mit einer Haut überzogen

hatte, die Klose nun mit der flachen Hand weg-
wischte, um zu sehen, dass seine Haare vom Kopf
abstanden, dass sein Gesicht unter den Haaren
rot und krebsig war und dass der Kamm sich
langsam durch die abstehenden Haare fraß und
diese nach hinten legte, so dass sich Nässe zwischen den Zacken des Kammes sammelte, Nässe,
die Klose mit einer abknickenden Handbewe-
gung vom Kamm schüttelte, und dann legte er
den Kamm weg und fuhr sich mit beiden Händen über den Kopf, fuhr sich durch die Haare, die
nun alle nach hinten lagen, nackt stand er immer
noch vor dem Spiegel, betrachtete seine zurückgelegten Haare und griff dann zum Föhn. Wenn
ich nun, hätte Klose beinahe gedacht, mit dem
Föhn zu nah an die Haare herankomme, so sen-
gen sie an, so könnten sie ansengen, so könnte es
kokeln, könnten sich Verbrennungen, Haarver-
brennungen ergeben, könnte auch der Föhn vor
Überhitzung plötzlich ausspringen, so, wie es ihm
schon einmal passiert war, als er den Föhn an eine
Kordhose gehalten hatte, die er, nass nach einem
Regenguss, trocknen wollte, als also der Föhn
plötzlich ausgesprungen war, mit einem leichten,
funken-ahnen-lassenden Klicken, weil Klose den
Föhn viel zu nah an die Kordhose gehalten hatte,
Überhitzung, hatte man ihm erklärt, nenne man

das, und der Föhn könnte sich auch, hätte Klose gedacht, wäre er wacher gewesen, erhitzen oder überhitzen, wenn er zu nah an die zum Trocknen bereiten Haare gehalten werden würde, doch würde ich den Föhn, hätte sich Klose beinahe gedacht, nie und nimmer so nah an die Haare halten können, dass er überhitzte, weil vorher die heiße Luft des Föhns einen solchen Schmerz auf der Kopfhaut verursachen würde, dass ich den Föhn rasch zurückzöge. Ich muss den Kopf beim Föhnen ständig schütteln, hin- und herwerfen, die Haare in alle Richtungen ausbrechen lassen, hätte Klose gedacht, wenn er diesen Gedanken nicht schon allzu oft in die Tat umgesetzt hätte und somit ein erneutes Denken des Gedankens überflüssig geworden wäre, denn wenn ich dies nicht tue, hätte Klose beinahe gedacht, bleiben die Haare klebrig und lätschig am Kopf haften, so dass ich aussehe wie ein frisierter Affe. Nur dann, hätte Klose beinahe gedacht, wenn ich den Kopf hin- und herwerfe, so, wie ich es seit Jahren tue, bekomme ich einen Rest Fülle in mein Haar, das schütter zu werden beginnt, dachte Klose nun wirklich, es beginnt in der Tat schütter zu werden, das Haar, ich muss der Tatsache ins Auge sehen, dass mein Haar schütter zu werden beginnt, warum, dachte Klose, soll ausgerechnet *mein* Haar nicht schütter werden, das Haar vieler Männer in meinem Alter ist schon lange schütter, nun also beginnt auch mein eigenes Haar schütter zu werden, und wenn ich den Kopf beim Föhnen nicht hin- und herwerfe, sieht man womöglich, wie sehr mein Haar bereits in Ansätzen schütter geworden ist. Plötzlich, als Klose in den vom Dampf befreiten Spiegel sah, erschrak er zutiefst, er zuckte regelrecht zusammen, griff sich mit der Rechten ins Gesicht, schaltete den Föhn ab, nein, sagte sich Klose, ich habe vergessen, mich zu rasieren, nie, sagte sich Klose, noch nie habe ich vergessen, mich zu rasieren, heute, sagte sich Klose, habe ich vergessen, mich zu rasieren. Vor dem Duschen pflegte sich Klose jeden Morgen zu rasieren, selbstverständlich *vor* dem Duschen, da die Haut vom Duschen aufgeweicht und schwammig wurde und das Rasieren mit einem elektrischen Rasierer erschwerte. Wieso, fragte sich Klose, habe ich vergessen, mich zu rasieren, wieso habe ich *heute* vergessen, mich zu rasieren, wo ich doch noch nie vergessen habe, mich zu rasieren? Er konnte keine Antwort finden und beschloss auf das Rasieren zu verzichten, heute, sagte er sich, werde ich also ohne mich zu rasieren zur Arbeit gehen, werde mit einem einnächtigen Bart zur Arbeit gehen und sehen, wie die Leute, mit denen ich arbeite und die ja gewohnt sind, dass ich immer, jeden Morgen, glatt rasiert zur Arbeit erscheine, damit umgehen werden, dass ich heute mit einem einnächtigen Bart erscheine, ich werde einfach, sagte sich Klose, so tun, als wäre alles wie sonst, ich werde so tun, als sei ich, wie üblich, frisch rasiert, und falls Bemerkungen fallen, falls Blicke fallen, werde ich so tun, als hörte ich sie nicht, als sähe ich sie nicht, werde Bemerkungen und Blicke einfach übersehen, einfach überhören, werde nicht auf sie eingehen. Und so zog Klose sich an.

Als Klose seine Wohnung an diesem Tag verließ, wurde er überfahren. Der genaue Kollisionszeitpunkt war sieben Uhr vierundzwanzig. Die Kollision fand statt zwischen Kloses Körper und einem in diesen Körper hineinfahrenden Automobil. Die Geschwindigkeit des in den Körper hineinfahrenden Automobils betrug 64 Kilometer pro Stunde, also 14 Stundenkilometer höher, als der betreffende Fahrer in dieser Zone der Stadt hätte fahren dürfen. Der Krankenwagen erreichte den Ort des Geschehens sechseinhalb Minuten, nachdem das erste Blut aus Kloses Brust gelaufen war. Eine erstaunliche Leistung, zieht man den zurückgelegten Weg in Betracht, sowie die Zeit, die verstrich, ehe jemand der Vorbeikommenden ein Telefon aus der Tasche zog und die Notrufnummer drückte. Die Kittel der Sanitäter waren blendend weiß, weil es sich bei dem betreffenden Tag um einen Montag handelte und die Kittel erst am Morgen, unmittelbar vor dem Klose-Einsatz, aus der Wäscherei geholt und von den Sanitätern angezogen worden waren. Man sah deshalb die Blutflecken gut, die entstanden, als die Sanitäter beim Hervorziehen des fast toten Klose 733 Kilojoule Energie verbrannten (addiert). Es war nicht so sehr die körperliche Anstrengung, die für diesen Gewichtsverlust verantwortlich war als vielmehr die psychische Belastung, welche aus der Angst erwuchs, Klose durch falsches Anfassen zusätzliche und unter Umständen lebens- oder bewegungsgefährdende Verletzungen zuzufügen. Kanülen wurden gelegt, Atmungsgeräte eingesetzt, der verletzte und nicht ansprechbare Klose in den Krankenwagen verfrachtet, man fuhr ab. Auf dem Weg vom Unfallort zum Krankenhaus verbrauchte der Krankenwagen 0,4 Liter Benzin, was einem Verbrauch von über 10 Litern auf 100 Kilometern entspricht. Die Lampen, die im Operationsraum brannten, waren von einer solchen Helligkeit, dass Klose die Augen geschmerzt hätten, wären sie offen gewesen. Sie waren aber geschlossen. Die Ärzte beugten sich mit Schutzmasken über den Verletzten. Zunächst sah es nicht gut aus für Klose, doch Stück für Stück setzte man ihn wieder zusammen. Man begann damit, seine Lunge aus dem Brustkasten zu nehmen, sie mit einer Luftpumpe so aufzupumpen, dass ein wenig Luft drinnen blieb, sodann hielt man sie in ein bereitgestelltes Bassin mit Wasser, um anhand der in Luftblasen entweichenden Luft feststellen zu können, an welcher Stelle die Lunge gerissen war. Man setzte ein Stück körpereigenes Gewebe auf den Riss, ließ die Lunge eine Weile trocknen und packte sie dann dem noch im Koma liegenden Klose wieder in die Brust. Auf diese Weise reparierte man auch die anderen beschädigten Teile. Trotzdem, als Kloses Arbeitgeber nach seinem Zustand frug, bescheinigten die Ärzte Klose eine Restlebenszeit von weniger als einer Woche. Völlig unerwartet erwachte Klose dann aber aus dem Koma. Die Verletzungen, die er erlitten hatte, waren in der Zwischenzeit wieder verheilt, man konnte nun davon ausgehen, dass keine bleibenden Schäden zu erwarten waren. Und so erhob sich Klose nach Monaten erstmals wieder aus seinem Bett und humpelte einige Schritte Richtung Tür, und nach weiteren Monaten durfte er wieder in seine Wohnung zurück.

Und als dann der Wecker schellte, erschrak Klose, stand aber trotzdem auf, ging zum Fensterbrett, auf dem der Wecker stand, stellte ihn aus und wusste zunächst nicht richtig, warum der Wecker geschellt und was er, Klose, nun zu tun hatte, besann sich dann aber und erinnerte sich daran, dass er nun, nach fast einem Jahr, wieder auf seiner Arbeitsstelle zu erscheinen hatte, erinnerte sich auch, dass alles Humpeln, Keuchen, Husten und Quietschen, das ihn die ganze Zeit über begleitet hatte, abgestellt worden war, dass er nun wieder dorthin gehen konnte, wo seit fast einem Jahr, bis auf den heutigen Morgen, ein vom Arbeitsamt rekrutierter Ersatzmann seine, Kloses, Arbeit verrichtet hatte, dorthin also, sagte sich Klose, müsse er heut wieder gehen. Und er zog sich den Schlafanzug aus, ging nackt durch die Wohnung, im Wohnzimmer waren die Rolladen herabgelassen, so dass Klose Licht machen musste, er betrat das Badezimmer, sah in den Spiegel, so kurz, dachte Klose, waren seine Haare noch nie gewesen, im Krankenhaus, dachte Klose, hat man mir die Haare nur einmal die Woche gewaschen, man hat sie mir abrasiert, die Haare, um an den Kopf zu gelangen, um besser an den Kopf zu gelangen, den Kopf dann aufzuschneiden und ein Teil dessen, was in ihm steckte, herauszunehmen, zu verbinden und wieder hineinzustecken, und dann, dachte sich Klose, habe man gewusst, im Krankenhaus, dass es wesentlich einfacher sei, einen Kurzhaarpatienten zu versorgen als einen mit langen Haaren, denn ein Kurzhaarpatient bedürfe weniger häufig einer Haarwäsche, so dass auch in Zukunft regelmäßig ein Friseur erschienen sei, um ihm die Haare auf eine Länge von wenigen Millimetern zu scheren, und erst kürzlich, dachte Klose, vor zwei Wochen ungefähr, war er zum letzten Mal erschienen, der Klinikfriseur, und hatte, während er Klose zum xten Mal die Haare rasierte, Klose beglückwünscht dazu, dass er, der Klinikfriseur, nun zum letzten Mal zu ihm, Klose, ans Bett getreten sei. Und so, dachte Klose, brauche ich mir heute die Haare nicht zu waschen, da sie noch viel zu kurz sind, als dass man sie wirklich würde waschen müssen, denn sie sind so kurz, dachte sich Klose, dass man es gar nicht sähe, wenn sie fettig wären. Klose betrat also die Duschkabine, ohne zuvor nachgesehen zu haben, ob genügend Haarwaschmittel da war, er duschte, ohne die Haare zu waschen, ohne sich föhnen zu müssen, wusch nur seinen Körper, auf dem sich die Narben anfühlten wie Raupen, die sich in die Haut eingenistet hatten.

# Krakenkampf

Den Krakenkampf glaubt man schon eher. Zumindest nickt man und widerspricht nicht. Dabei ist die Geschichte vom Krakenkampf genauso unwahrscheinlich wie die von der Geburt: Die aber nimmt mir keiner ab. Schon nach den ersten Sätzen schüttelt man den Kopf und sagt: Jaja, red du nur. Das ärgert mich, denn die Geschichte von der Geburt liegt mir am Herzen, sie ist verdammt gut recherchiert, wissenschaftlich abgesichert, ich kenne die Namen der Medikamente und möglichen Eingriffe, die Forscher und Firmen, die das Projekt betreuen, ich habe Worte wie Transplantationsmuschel und Uteralimmunität auswendig gelernt, und bei der Wahl des Schauplatzes habe ich sogar Zugeständnisse gemacht: eine James-Bond-Insel, klein, mit weißem Strand.

Ich muss immer dann erzählen, wenn ich mit jemandem, der mich nicht gut kennt, im Schwimmbad bin. Unter der Dusche heißt es dann Mensch, was haste denn *da* gemacht, und ich sage, erzähl ich dir später. Erst wenn wir im Bistro sitzen, mit Wasserpfropfen in den Ohrmuscheln, und ein Brötchen gegen den Schwimmhunger essen, ist mein Zuhörer in der richtigen Stimmung. Zwei Stunden sind vergangen, er hat sich an den Anblick meiner dicken Narbe gewöhnt, er hat wahrscheinlich selber schon fantasiert, was sich da abgespielt haben könnte, seine Einbildungskraft hat einen leichten Anschub bekommen, und ich beginne zu erzählen.

Das Experiment hat drei Jahre gedauert. Nichts davon ist in dieser Zeit an die Öffentlichkeit gedrungen. Strengste Geheimhaltungsstufe. Deshalb auch die Insel. Warum man *mich* für das Experiment ausgewählt hat? Nun ja, ich war natürlich Mitarbeiter der Forschungsgruppe, die damals an dem Projekt arbeitete, und von allen Kandidaten der einzige Mann, der sich vorstellen konnte, selber ein Kind auszutragen. Wenn ich vom Kind zu reden beginne, winken meine Zuhörer ab. Ich bemühe mich zwar weiterhin nach Kräften, aber die Geschichte hat schon leckgeschlagen. Natürlich, sage ich dann, das ist rein biologisch kein Problem mehr, es bedarf einer hormonellen Umstellung, gewiss, aber du siehst ja, ich bin sowieso eher der androgyne Typ, und das nicht erst seit der Geburt meiner Tochter.

Man fragt mich, ob ich allen Ernstes behaupten wolle, dass ich tatsächlich ein Kind bekommen hätte. Klar, sage ich dann, aber lass mich doch der Reihe nach ... Weiter komme ich meist nie mit der Geschichte von der Geburt. Jetzt sag doch mal *ehrlich*, heißt es dann.

Als ob das so einfach wäre.

Ehrlich, ich habe nicht gezählt, wie oft ich das, was damals wirklich passiert ist — diesen verdammten Unfall —, beschrieben habe, irgendwann aber fiel mir auf, dass ich nicht mehr das Geschehene selbst wiedergab, sondern nur noch hohle Worte. Es waren die Worte, die ich einst, bei der allerersten Schilderung, gewählt hatte. Als hätten sie sich seitdem in meinen Mund genistet, flogen sie wie pawlowsche Vögel bei einem bestimmten Fragereiz heraus und zwitscherten so lange, bis mein Gegenüber nickte und das Thema wechselte. Und eines Tages fragte ich mich, ob das, was ich erzählte, überhaupt noch der Wahrheit entsprach. Ich versuchte mich deutlich und unmittelbar an den Unfall zu erinnern, mich zurückzuversetzen, mich ganz und gar und neu wieder einzulassen auf die Situation in ihrer haarkleinen Abfolge. Ich erschrak: Die wirkliche Erinnerung an das Geschehen war mir verbaut. Mit jedem bloß wiedergekäuten Wort über die damaligen Vorfälle hatte ich einen neuen Stein in die Mauer gesetzt. Einreißen, dachte ich, sofort einreißen. Nur wie? Durch Schweigen, dachte ich, durch eine neue, stille, innere Annäherung. Und so verbot ich mir, weiter über den Unfall zu sprechen. Indes: Die Fragen hörten nicht auf.

Ich erfand nicht gleich den Krakenkampf, auch nicht die Geburtsgeschichte, nein, meine Geschichten begannen ganz harmlos und glaubwürdig, zunächst mit einer Operation, und man nickte nur bedauernd, dann kam die Messerstecherei, das war schon mehr, und die Zuhörer wollten Einzelheiten wissen. Als Nächstes versuchte ich es mit einem Thrillermotiv, die Hauptperson nannte ich den Schlitzer, und mein Glück mit dem Schlitzer sei unermesslich gewesen, sagte ich, seine übrigen Opfer wären allesamt verblutet. Bei dieser Geschichte musste ich mich bereits bemühen, mir keine zweifelnden Blicke einzuhandeln, und wahrscheinlich haben einige, denen ich sie erzählte, nur nach außen hin genickt, innerlich aber gedacht: So ein Schwätzer.

Je nach Laune erfand ich nun die irrsten Zusammenhänge. Eine Gartenschere, die ich mir beim Rasenmähen aus Versehen in den Bauch rammte und selber wieder herauszog, ehe ich blutüberströmt der Nachbarin auf den Gartenkaffeetisch klappte — eine missglückte Versenkungsübung mit indischen Fakiren (Kohlen oder Scherben) — Ratten, die mich nachts annagten — eine Frau, die mir mit scharfen Fingernägeln den Leib durchtrennte — Schwefelsäure, die man über mich kippte (mal als Folter, mal aus Rache).

Mit der Zeit wurde ich süchtig nach diesen Geschichten. Kaum hatte ich jemanden kennen gelernt, nahm ich ihn schon mit zum Baggersee, um mir das Hemd vom Leib zu streifen. Die Erregung, wenn mich jemand, den ich nicht kannte, auszog, im Bett, wandelte sich mehr und mehr in Vorfreude darüber, nach oder vor dem Akt *erzählen* zu können. Bei Feten versuchte ich unauffällig die Gespräche auf Abenteuer, Gefahr und Männlichkeit zu lenken, um mein Hemd aus der Hose ziehen und den Gesprächspartnern ohne falschen Stolz meine Narbe zeigen zu können. Ihr glaubt nicht, wie das passiert ist, sage ich dann. Man schart sich um mich, und ich lege los.

Beliebt waren natürlich Haiattacken. In meinen Ferien belegte ich Tauchkurse, um meine Geschichten mit realistischen Beschreibungen würzen zu können. Immer mehr Bücher von Tiefseeforschern sammelten sich in meinem Leseschrank. Ich spielte den Fachkundigen, streute meinen Zuhörern hier und da sachliche Bemerkungen hin oder stellte ihnen während des Erzählens Fragen, so dass sie selber voll und ganz Teil der Welt wurden, von der ich gerade erzählte. So fragte ich einmal bei der Schilderung eines Haiangriffs, ob Haie eigentlich die Taucheranzüge mitfressen würden. Man schaute mich an. Ja, fragte ich, was geschieht denn eigentlich mit den Taucheranzügen, wenn ein Taucher gefressen wird? Der Hai pellt sein Opfer wohl kaum sorgsam aus der Schale, ehe er es frisst. Also: Werden die Taucheranzüge wieder ausgeschieden? Oder ausgespuckt? Oder vergammeln sie im Magen? Ich stellte fest: Je mehr meine Zuhörer grübelten, um so weniger merkten sie, wie sehr sie mir schon im Netz zappelten.

Von den Haiangriffen war es nur noch ein Schritt zum Krakenkampf. Eine Krake? fragte man entsetzt. Ich blieb ruhig und verbesserte: Ein Krake. Es heißt *der* Krake.

Es ging um einen Riesenkraken, eins von den Exemplaren, die noch nie gefilmt worden waren, weil sie tief im Bauch des Meeres lebten, für Menschen unerreichbar. Mein Krake war rot, und jeder seiner Fangarme etwa dreimal so lang wie ich. Warum er aus den Untiefen so hoch hinauf getaucht war, erklärte ich mit einem Versagen seines Echolotleitsystems. Wenn jemand sagte, er glaube kaum, dass ein *Architheutis dux* über ein Echolotleitsystem verfüge, war mir klar, dass ich aufpassen musste, doch meistens widersprach niemand, und so wusste ich, dass ich es mit Ahnungslosen zu tun hatte.

Ich sah zunächst nur einen kleinen Punkt, der sich unruhig wippend aus dem Dunkel des Wassers unter mir näherte. Ich war neugierig, tauchte weiter hinab, meine Lampe war schwach, und plötzlich erkannte ich, was es war, das mir da entgegenschwappte, von tief unten hinauf: die von der Strömung gewellten Fangarme eines Riesenkalmars, samt Fresstentakeln. Die Lampe glitt mir aus der Hand, ich drehte mich und stieß heftig mit den Flossen ins Wasser, spürte im selben Augenblick aber, wie der Krake eine Armspitze um meinen Knöchel wand. Gewaltlos, fast sanft, als wolle er, ganz freundlich, mich zurückhalten, um mir noch etwas zu sagen, ehe ich fortging: Wart noch kurz, mein Lieber. Die erste Reaktion war panisches Armrudern und Um-mich-Schlagen, Zerren und Treten. Luftblasen zerplatzten vor meiner Taucherbrille. Aber der Krake hatte alle Zeit der Welt. Er schien sich sicher zu sein, dass jemand, an den er einmal seine Saugnäpfe gepresst hatte, auch ihm gehören würde, mochte er zappeln, so viel er wollte. Erst als die Heftigkeit meiner Befreiungsversuche abebbte, merkte ich, wie der Krake begann, mich mehr und mehr zu sich hinabzuziehen, wisst ihr, sage ich, was euch im Innern der Arme erwartet, das Schweigen um mich her wird drückend, der Papageienschnabel, sagt ein Zuhörer, richtig, sage ich, der Papageienschnabel, doch ungleich größer als der eines Papageis und in der Lage, die Haut eines Wals ohne Mühe zu durchtrennen, scharf, sage ich, scharf. Mein Messer, fuhr es mir durch den Kopf, ich hatte ein Messer im Gürtel, ein *Unidive* Tauchermesser, mit Titan beschichtet, ich zog es raus, packte mir den glitschig dicken Arm, der sich schon um meine Oberschenkel knäuelte, begann zu sägen wie verrückt, dachte noch im ersten Moment, das Ding säbelst du durch, mit *einem* Schnitt, doch merkte ich rasch, wie zäh und holzig es war. Andere Fangarme tasteten mich ab, suchten nach griffigen Flächen für ihre Näpfe, ich sägte weiter, als plötzlich ein ungeheurer Schuss Tinte mir schwarz vor die Augen klatschte, alles war dunkel um mich her, ich konnte nicht mehr erkennen, wohinein mein Messer sich fraß, jetzt nur nicht abrutschen, dachte ich, nur nicht dir selbst in die Schenkel schneiden. Als ich den ersten Arm durchtrennt hatte, waren mir schon drei weitere um Bauch und Brust gewickelt, ich merkte, wie sehr er mich in seinen Fängen, wie dicht er mich bereits zu sich herangezogen hatte, und mit knappem Ruck hing ich ihm plötzlich vorm Maul, mein Messer fiel, ich gab mich auf, es war vorbei, ich spürte seinen scharfen Schnabel, der mir in die Eingeweide drang, ein Riss hinauf, schräg, quer durch den Nabel, als wolle er zunächst die Innereien fressen, und wie aus dem Nichts, inmitten meines Todesgrußes, tauchte plötzlich ein gigantischer Schatten auf, hinter dem Kraken, die eckige Stirn eines Pottwals, die sich über uns aufbaute, und von unten bohrte er ohne Knacken sein flaches, zahnbesetztes Lanzenmaul in den fetten Leib des Kraken, ich aber wurde in einer teuflischen Welle aus Tinte und Blut aufwärts geschleudert und sah, wie der Krake seine Fänge nach hinten stülpte, um zu verhindern, wozu es schon zu spät war. Dann packte man mich bei den Schultern, meine Eingeweide hingen halb im Salzwasser, man zog mich auf das Beiboot, schrie wie von Sinnen über mich weg, ich aber sank auf einen Meeresgrund von Schlaf, und als ich erwachte, man hatte die Narkosedosis genau berechnet, hielt man mir meine Tochter vor den zugenähten Bauch, sie wimmerte leise und atmete schon seit einigen Minuten.